神楽坂
スパイス・ボックス

長月天音

角川春樹事務所

目次

プロローグ

悔しい。

悔しい、悔しい、悔しい。

この悔しさをどこにぶつけたらいいのか。

薄暗い部屋の中で、前橋(まえばし)みのりは奥歯を強く嚙(か)みしめた。

このままでは気持ちが収まらない。

でも、いったいどうすればいいのだろう。

はたと、みのりは顔を上げて空の一点を見つめた。

さすがに復讐(ふくしゅう)をしようとは思わない。

三十二歳。大学卒業後に就職した出版社では、人一倍まじめで頑張り屋という評価を得ている。そんな自分をかなぐり捨ててまで、つまり、将来を棒に振る覚悟はない。

しかし、このままでは腹の虫がおさまらない。

あくまでも一般常識の枠を超えられないくせに、腹の中でグラグラと煮えたぎる悔しさだけはどうしようもなく、みのりは抱えていたクッションを力いっぱい壁に投げつけた。

五年間、付き合ってきた男にフラれた。

それだけのことである。

でも、それだけのことではない。

別れを告げられてからの二時間、様々な感情が押し寄せては引いていった。ほとんど無意識に自宅アパートに帰りついた今、怒りにも似た悔しさだけが体全体に渦巻いている。

相手は真田和史という。地下鉄千川駅にほど近いイタリアンレストラン、『リストランテ・サナ』の若きオーナーシェフである。

出版社に勤務するみのりは、仕事を通じて和史と知り合った。厨書房は料理に関する書籍や雑誌に特化した出版社であり、携わっていた料理雑誌『最新厨房通信』で、『リストランテ・サナ』を取材したのがきっかけだった。

年齢も近く、その日のうちにすっかり意気投合し、付き合い始めるまでにそう長くはかからなかった。

みのりは、日々編集部にもたらされる飲食業界の最新の動向を和史に伝え、和史もシェフとしてのポリシーや、日々の店での出来事をみのりに語った。同じ業界に関わる恋人同士、話題は尽きず、楽しい日々だった。

みのりは、いつかは自分が『リストランテ・サナ』のマダムとなる姿を夢想し、そのための接客の知識を身に付けようと、自社から刊行されている『サービスマンの基礎知識』という本を購入して読みふけった。さらに、かつてミラノのレストランで修業した和史の経歴から、いつか二人でイタリアを訪れることもあるかもしれないと、イタリア語のテキストまで購入して、その時に備えることも忘れなかった。

みのりは輝かしい未来を想像して心を躍らせた。和史は人気若手シェフとして、厨書房のみならず数々の雑誌に取り上げられている。千川ではなく、いずれ都心にもっと大きな店を構えることだって夢ではないはずだ。

しかし当の本人は、いっこうに結婚はおろか一緒に住もうとすら言い出すことはなかった。どんなにお互いの住まいを行き来しても。時にはそれぞれの実家まで訪れることすらあったというのに。

もう待ち切れなかった。

つい、みのりのほうから、「そろそろ結婚を考えない?」と切り出した。

これを皮切りに、みのりは勝手に思い描いていた未来を次々に口にしてしまった。

和史なら都心に出店しても十分にやっていける。むしろそうするべきだ。早々に共同生活をすれば、お互いの生活費をその資金に回すことができる。

夢中になって語るうちに、みのりは思った。どれだけ自分は我慢していたんだろうかと。

もっと早くにこういう話をすればよかったのだ。相手の顔色を窺(うかが)ってばかりで、バカみたいだった。和史も、みのりが後押しをしてくれるのを待っていたのではないか。

和史は黙り込んだままだった。

喜んで頷いてくれると信じて疑わなかったみのりは、その表情が険しいことにようやく気が付いた。

「俺は、ここを離れるつもりも、都心に出店するつもりもない」

しばらくして絞り出されるように語られた恋人の本心は、みのりにとって衝撃だった。

すっかり失念していたのだ。

『リストランテ・サナ』は、もともと和史の父親が営んでいたビストロだった。ここで働く父親を見て育った和史が、それを譲り受ける形でイタリアンレストランに改装したのが現在の『リストランテ・サナ』である。

後悔先に立たず。

二人の今後の着地点を見出すために思い切って本音を打ち明けたはずが、逆に溝を深めることになってしまった。

この五年間、いったいお互いの何を見てきたのだろう。ただその時々の楽しみを追い求め、恋人がいるという安心感に酔いしれていただけなのではないか。

しばらく二人は黙り込んだままだった。けれど間違いなく心の中は、様々な駆け引きや葛藤、そのほかのありとあらゆる感情で溢れかえっていたはずだ。

どこかお互いをけん制するような沈黙を破ったのは和史だった。いつもなら、すべてにおいてみのりのリードに任せきりだというのに。

「別れよう」

その一言で一気に頭に血がのぼった。本当に、この五年間は何だったのか。

「小さい男」

とっさに口をついた。

「みのりこそ、そんなに野心家だとは思わなかった」

みのりは千川駅に近い和史の部屋を飛び出した。

悔しかった。二人の夢を抱いたことが野心だったのか。

気づけば涙が流れていた。地下鉄の駅の入口で、しばしみのりは蹲（うずくま）った。

それから数日間、みのりは考え続けた。和史からも連絡はない。

「この前はごめん」もしもその一言があれば、関係は修復できるのではないか。

しかし心の中では、あれで本当に終わったのだと冷静に受け止めている自分がいた。

だからこそ、悔しさは収まるどころかますます膨れ上がってくる。

二人で数々のレストランを食べ歩き、理想の店を語り合った日々は間違いなく現実だ。

あれは、いったい何だったのだろう。初めから、違う未来に対する理想を思い描いていたということか。

ならば、私は私の思い描く未来を実現してやる。そして、見返してやる。

そのためには、ひとつしかない。

自分も飲食店をやってやるのだ。しかも、都心で。

何が何でも有名店にして、和史を唸らせるのだ。

悔しさがみるみるモチベーションへと変わっていくことに、みのりは心地良ささえ感じた。

大丈夫。

みのりは確信する。

厨書房での経験と、『最新厨房通信』編集部で得た人脈や知識、コネがあれば、絶対に失敗するはずはない。何よりも、自分には腕のいい料理人がついているのだ。

まずは引きずり出さなくては。房総の実家に引きこもった、あの人を。

第一話　夏の終わりのマトンビリヤニ

1

九月三十日。この日はクミンの日だという。世の中には、いつの間にやら制定された記念日が溢(あふ)れていて、毎日何かしら記念日がある。

クミンはカレーに欠かせないスパイスのひとつで、とある食品メーカーが九（ク）三十（ミン）の語呂(ごろ)合わせで申請し、日本記念日協会によって登録されたそうだ。

スパイス料理店、その名も『スパイス・ボックス』の開店に、これ以上ふさわしい日があるだろうか。

前橋みのりは引き戸を開けて外に出ると、ようやくオープンにたどり着いた自分の店を、どこか誇らしい気持ちで眺めた。

場所は神楽坂(かぐらざか)。文句なく都心と言える立地だ。メインの神楽坂通りから幾筋も伸びる路地のひとつ、その奥の奥の古ぼけた木造家屋。つまりは古民家のリノベーションで、一年前まではそのまま『古民家カフェ』として、家主が喫茶店を営業していた。

その家主が亡くなり、貸し物件に出されていると知らせてくれたのは、飯田橋駅前の不動産屋の社長だった。みのりが勤めていた厨書房も最寄り駅は飯田橋で、飲食店向けの物件を多く扱う堀田不動産は、かねてより足しげく通う貴重な情報源だったのである。

みのりが連絡を受けて駆け付けると、さっそく現地へと案内してくれた。

物件を一目見て、あっと思った。「以前は古民家カフェだった」と聞いて、もしやと思ったが、やはりかつて何度か訪れたことのある店だった。

勤務先に近い神楽坂は、みのりにとってすっかり通い慣れた街だ。腰の曲がった小柄なおばあさんが、自宅を利用して道楽でやっているような店で、利益よりも話し相手を歓迎している雰囲気があった。仕事の合間に訪れると、ほっと肩の力が抜けたのをみのりはよく覚えている。

ここだと思った。これも何かの縁だ。明らかに古びた建物だが、むしろ味があっていい。みのりは、ほとんど迷うことなくこの物件を押さえた。

自分の店が神楽坂にできる。そう思うと、高揚感と同時に得体の知れない緊張感も押し寄せてきた。けれど、すぐに無理やり和史の顔を思い浮かべ、絶対に成功させてやるという意気込みに変えた。

それからおよそ半年。ようやく開店の日を迎えたのである。

古民家カフェとして営業していた一階部分を改装し、最低限必要な厨房設備を整えた。客席部分はほとんど手を加えず、土間の延長のような空間に、四人掛けのテーブルを六卓設置し、厨房と向かい合う形でカウンター席も四席作った。料理人と接客係の二人で営むには、これでせいいっぱいだろう。

せっかくの味のある建物に手を加えるのは躊躇(ためら)われ、外観はほぼそのままだ。ただ、すりガラスのはまった入口の引き戸の横には、『スパイス・ボックス』と書かれた小さな看板を掲げた。

車一台がやっと通れる路地は、陽(ひ)ざしが向かいのビルに遮られて、あと数時間は日陰のままだ。それでも朝からすでに気温は高く、今日も予報通り夏日となりそうである。

「いつまで暑さが続くのかなぁ」

玄関の引き戸がガラガラと開き、コックコートを肘(ひじ)まで腕まくりした女性が出てきた。みのりのふたつ年長の姉、辻原(つじはら)ゆたかである。

みのりは明らかにサイズの合っていないダボダボのコックコート姿に苦笑する。

「そんなたいそうな格好じゃなくてよかったのに。おまけに、暑そうだよ」

みのりはシャツとジーンズにエプロンというカジュアルなスタイルである。

「絶対にこれがいいの」

ゆたかはコックコートを抱きしめるように、ぎゅっと両腕でわが身をかき抱いた。

　みのりが頼りにしていた料理人とは、数年前まで館山のリゾートホテルのシェフをしていた姉である。スパイス料理をやりたいと熱望したのはゆたかであり、その姉が身に纏う大きなコックコートは彼女のものではない。その事情を誰よりも知るみのりは、手のひらで庇を作って、再び眩しい空を見上げた。

「オープンにぶつけたのは、エスニックフェア。暑くてちょうどよかったよ。寒かったら寒かったで、辛い料理で温まろうって言えるし、便利だよね、スパイシーな料理って」

「体を温めて発汗を促し、熱を体外に逃す。唐辛子の特徴ね」

　スパイス料理店と言っても、いまひとつ何が食べられるのか分かりにくい。そこで姉妹はオープンにあたり、日本でもすっかりなじみのものとなったエスニック料理を大々的に打ち出すことにした。玄関の横には、メニューを記した立て看板を置いている。『スパイス・ボックス』は横に長い木造家屋で、路地に面した壁は大きな格子窓になっているものの、すべてすりガラスがはめられていて、店内の様子がさっぱり分からないからだ。

「いよいよだねぇ、お姉ちゃん」

「ホント。みのりが会社を辞めて、店をやろうって言い出した時は驚いたし、その場所が神楽坂だって聞いてますます心配になったけど、何だかワクワクする」

「神楽坂にひるんでいたお姉ちゃんも、このオンボロ物件を見て、急に安心したんだもんね」

「しっ。上には家主さんがいるんだから」

二階は、かつての家主の身内が住居として暮らしている。カフェを始めた時に手を加えたのか、入口は店舗の裏側にあり、まるで二世帯住宅のような造りだ。

「でも、気に入ったのは事実よ。古いものって、それだけで味があるもの」

しみじみと建物を眺める姉に、みのりも「同感」と頷いた。

どこか安心感を覚えるのは、二人の実家も木造家屋だからかもしれない。

飲食店の新規開業をすると決意したみのりは、およそ一年半を準備に費やした。

厨書房に退職願を出し、仕事を引き継ぐのにおよそ三か月。並行して出店先を検討し、物件を探し始めた。退職後はいよいよ本腰を入れて開業に必要な様々な準備を進めたのだ。

専門的な料理雑誌の編集部で働いていたみのりには飲食店の知人も多く、ことあるごとに相談にのってくれ、アドバイスをもらえたのにはずいぶん助けられた。

いちばんの問題は、料理人の確保、つまりは姉の説得だった。

三年前に夫を亡くしてからというもの、ゆたかはシェフの仕事をやめ、南房総の実家に閉じこもったままだった。

ゆたかも夫だった柾も、ともに料理人としてホテルの厨房で働いていた。こぢんまりとしたホテルは、イタリアンが楽しめる宿として人気があり、『リストランテ・サナ』を意識していたみのりは、真っ先に姉のことを思い浮かべたのである。いや、ゆたかの存在がなければ、飲食店で和史と張り合おうとは思いつかなかったかもしれない。

突然の事故で夫を失ったゆたかは、すっかりふさぎ込んでいて、唯一の慰めは、夫が残した数々のスパイスを眺めることだった。ゆたかと出会う前、バックパッカーとして世界を旅していた柾のお気に入りは、中東や東南アジアの国々だったという。夫が語る旅の思い出はどれも楽しかったが、ゆたかがいちばん心を躍らせたのは各国の料理の話だった。同じ食材を使っていてもまったく違う料理に仕上がる。それは、きっとスパイスや調味料の効果に違いない。そのうちに、二人は世界のスパイスを集め始めたのだった。

「スパイス料理がいい」

久しぶりに実家を訪れ、事の次第を説明したみのりに、ゆたかはきっぱりと言った。

それ以外ならやらないと言われ、みのりは渋々頷いた。

姉が強情だということは昔からよく知っていた。変に意見をして、へそを曲げられたら元も子もない。想像もつかないスパイス料理に不安になったものの、ちょっと面白そうだと思ったのも事実である。

ゆたかは、みのりにスパイスの詰まった箱を見せた。これまで、姉がことあるごとに箱を眺めて物思いに耽(ふけ)っていたのは知っていたが、間近で箱の中身を見たのは初めてである。

一般的に調味料入れをスパイスボックスというらしいが、調味料は家庭や人によって用いるものも、好みも異なる。ゆたかのスパイスボックスには、柾と集めた色とりどりのスパイスがぎっしりと詰まっていた。

　料理雑誌の編集部にいたみのりには、それなりの知識があるはずだったが、ホールのスパイスはまだしも、パウダー状のものは何が何やらさっぱり分からなかった。蓋を開けた瞬間あたりに広がった、乾いた植物と土の混じり合ったような複雑な香りに包まれ、しばらく茫然とスパイスボックスの中身を凝視してしまった。

　これらのスパイスを使い、姉はいったいどんな料理を作るのだろう。そもそも、ここ数年の姉は、この干からびたスパイスと一緒ではないのか。すっかり涸れ果ててしまった心をもう一度潤すには、何らかの働きかけが必要なのだ。そして、今はまさにその時なのではないか。

「やろう、スパイス料理！」

　みのりは姉の手を握り、大きく頷いた。まさかスパイス料理に乗り気になってくれるとは思わなかったのだろう。ゆたかは「えっ」と驚いた声を上げ、「二人で、店をやるんだよ」ともう一度言われて、ようやく嬉しそうに頷いた。

　みのりはすぐに東京に戻って、いよいよ本格的に開業の準備に奔走した。その間、姉には実家にとどまり、料理のイメージを膨らませ、レシピ作りに専念してもらうことにした。夢中になっているうちに、これから始めるスパイス料理店が自分たちの新たな未来を開いてくれるに違いないと確信するようになっていた。

姉が、また前を向いて歩いていけるように。

自分が、新たな一歩を踏み出せるように。

二人が、自分たちの力で未来を切り開いていけるように。


「緊張してきた。お客さんに料理を作るのなんて、久しぶりだもの」

心配そうに頬(ほお)に手をあてたゆたかを励ますように、みのりは明るい笑顔を浮かべた。

「大丈夫よ。喜んでくれるお客さんの顔が見たくて、料理人になったんでしょう？」

「そうだけど……」

「柾さんも応援しているよ」

「うん」

「インド料理店で、デートしていたんだもんね」

ゆたかはわずかに目を細めた。

「そう。すっかり色とりどりのスパイスに目を奪われた私に、僕たちも集めて、二人だけのスパイスボックスを作ろうって言ってくれたの」

インドだけではない。世界中のスパイスを集めて、いつか二人で店を開こう。

そんな夢を聞かされたのは、いつのことだったか。世界のあちこちを回った柾は、各国のスパイスや料理を自分の目で見て、味わってきたのだ。

「最初はエスニックフェアだけどさ、私も世界中のスパイス料理を食べてみたいな」

　みのりの言葉に、ゆたかは頷いた。

「スパイスは、世界中の食文化に深く入り込んでいるもの。ほとんどが、熱帯アジアが原産なのにね」

　みのりはふふっと笑った。

「いよいよスパイスマニアの本領発揮だね」

「マニアって何よ」

　実家でふさぎこんでいた間、姉が夫の思い出をたどるようにスパイス関係の本を読み漁っていたことをみのりは知っている。姉の手を取り、ぎゅっと強く握る。

「今日から二人で頑張ろう。大丈夫。プレオープンは、まったく問題なかったし」

　三日前の夜、『スパイス・ボックス』は試験営業を行った。

　招いたのは、みのりの出版社時代の同僚や知人たちである。飲食店に関してそれぞれ厳しい視点を持っている者ばかりだが、大半が太鼓判を押してくれた。料理の味もさることながら、スパイス料理という着眼点と、それに不釣り合いな日本家屋がなんとも良いと好評だったのだ。

「そうだけど、招待したから来てくれたわけでしょう？　今日は平日だし、まったく知らないお客さんが相手だよ。ちゃんと来てくれるのかなぁ」

「やる前から心配してどうするの。大丈夫。お客さんがこなかったら、私が店の前で引っ張るから。それより、せっかくだから記念写真撮ろう。看板入れて」

「え～、いいよ。恥ずかしいし」

飲食店が所々にある神楽坂の裏通りとはいえ、少し進めば住宅地が広がっていて、それなりに出勤や通学の人通りがある。おまけに朝の時間帯は配送業者の車が多い。車一台がやっと通れる路地で、のんきに写真撮影などしている場合ではない。

明るい性格の妹と違って、姉は昔から目立つことが苦手である。みのりは、強引にゆたかの手を引くと、素早くスマートフォンを構え、腕をいっぱいに伸ばしてシャッターを切った。かなりピントのずれた写真をデータに残す。

「これ、あとでお母さんに送っておこう」

「いい年をして、母親に自分たちの写真を送るのもどうかな」

「いいじゃない。ほかに相手もいないんだし。お母さん、きっと喜ぶよ」

「……そうだね」

ふさぎ込んだゆたかを誰よりも心配したのは、母親のさかえだった。しかし、急かすことなく、温かく見守ってくれたのだ。きっと、ようやく時間を進めることのできたゆたかに心から安心しているに違いない。しかも妹のみのりと一緒なのだ。

みのりは通りかかった学生服姿の少年に「いってらっしゃい」と手を振った。その後ろのスーツ姿の男性にも「おはようございます！　今日からオープンします。よろしくお願いします」と頭を下げる。ゆたかは恥ずかしがって先に店内に入ってしまった。

午前十一時。開店の時間である。お昼にはまだ早く、この時間から来客があるとは思えなかったが、姉妹はそれとなく入口に気を配りながらランチタイムの準備を続けていた。

オープニングを飾るエスニックフェアのランチメニューは、ご飯ものはカレー三種類とガパオライス、麺類はトムヤンクンヌードルと鶏肉のフォー、パッタイを用意している。それぞれサラダとドリンクが付き、価格はいずれも千円だ。

千円という価格はやや高いかなと思ったが、近隣の飲食店のランチメニューを見れば、ほぼ適正価格のようだ。最初から安さをウリにすれば、今後行き詰まりそうな気がして、姉妹は相談の上、相場に合わせることにした。その代わり、ドリンクはコーヒーや紅茶のほか、マンゴージュースやグァバジュース、ラッシーやチャイ、自家製ジンジャーエールなど、幅広く選べるようにした。ちなみに三種類のカレーは、インド風のチキンカレーと豆のカレー、タイのグリーンカレーである。夜はこれらのメニューのほか、一品料理がぐっと増える。

「ねえ、あれ」

サラダの野菜をちぎっていたゆたかが、顔を上げてみのりを促した。振り返ると、引き戸のすりガラス越しに、チラチラと丸い頭が見え隠れしている。入ろうか入るまいか、迷っているようだ。

「玄関は開けたままのほうがよかったかな」

ゆたかを手伝っていたみのりは、布巾で手を拭きながら入口に向かった。

いよいよ初めてのお客さんだ。飛び上がりたいほど嬉しいけれど、同じくらい緊張もしている。

「いらっしゃいませ」と引き戸を開けると、小柄な人影が驚いたようにさっと身を隠した。

その姿に姉妹は見覚えがあった。

「あら、『坂上』の大将さん」

覗いていたのは、二軒隣りの蕎麦屋、『手打ち蕎麦　坂上』の店主、長嶺猛だった。小柄なわりにがっしりとした体形の大将は、すっかり言い当てられた気まずさからか、むっつりと口を歪めて店内をにらみつけた。

開店に先立ち、姉妹は近隣の飲食店に挨拶に回っている。最寄りの蕎麦屋の大将の顔を見間違うはずもない。近所のよしみで開店早々に足を運んでくれたのかと思ったが、眉間にしわを寄せた顔つきからは、とてもそうは思えなかった。

みのりはちょっと気を引き締めて、店内に招き入れようとした。

「どうぞ。一番のご来店、ありがとうございます。今日はお蕎麦屋さんのほうはいいんですか？」

大将はその場に突っ立ったまま、ぷいっとそっぽを向く。

「今日は定休日だ。そうでなければ、店を放り出してくるわけがなかろう」

「よかった。じゃあ、ゆっくり召し上がって行ってください。せっかくご近所なんですもの、今後ともよろしくお願いします」

みのりは愛想よく微笑んだ。この界隈で老舗の蕎麦屋の大将に気に入られれば、これほど心強いことはない。

大将は入口に仁王立ちしたまま、低い声で言い放った。

「今日は、文句を言いに来たんだ」

ゆたかもみのりも耳を疑った。

文句？　まだ営業もしていないのに？

三日前のプレオープンで、ちょっと騒々しくしすぎただろうか。

確かに予想以上に人が集まり、カウンター四席、四人掛けテーブル六卓の小さな店には入りきらないほどの客が訪れた。

食に特化した厨書房は飲食業界で知らぬ者はない。そこを辞めた女性が店を開くとあって、興味を持った業界関係者が多かったようだ。店に入りきらない者は表の路地で談笑し、盛り上がって、閉店後もなかなか帰ってくれなかった。お酒も入っていたため声も大きく、近所迷惑にならないかと、ヒヤヒヤしていたのも事実である。そのことで、『坂上』の大将は、苦言を呈しに来たのかもしれない。

オープン早々、ご近所とのトラブルは避けたい。何の後ろ盾もない個人店である。地域とうまくやっていくことこそ、存続するためには絶対に必要なことである。

とにかく、謝ろう。悪気がないことを、精一杯示して許してもらおう。

みのりが勢いよく頭を下げかけた、その時だった。

「文句とは、いったいどういったことでしょうか」

手を拭きながら、厨房のカウンターを回り込んでゆたかが出てきた。普段とは違う毅然とした姿に、みのりは驚いた。

大将は、みのりに向けていた顔をゆたかへと動かし、威嚇するように眉に力を込めた。

「におうんだよ、あんたらの店」

「におう？」

予想もしなかった言葉に、姉妹は声を揃えた。

大将は悩ましげな顔で、深く頷いた。

「ああ。特に朝。何とも言えないにおいがして、ウチのカミさんは不安がっている。蕎麦は繊細な味わいと出汁の香りが命だ。客に嫌がられてはと心配している」

なるほど、大将は奥様、つまり蕎麦屋の女将さんに言われて来たとみえる。

先ほどから店に入ろうとはせず、戸口で鼻をうごめかせているのも、状況証拠を押さえようとしているのかもしれない。確かに店内にはナンプラーの香りが漂っている。エスニックフェアの料理を準備していたのだから、仕方のないことだ。

「今も、におっています……？」

おずおずとみのりは訊ねた。

ひときわ大きく息を吸い込んだあと、大将は首を振った。

「嗅ぎ慣れないにおいはするが、これではない」

どうやら、ナンプラーはセーフらしい。

そこで、ゆたかがあっと声を上げた。

「ここ数日、インドカレーを仕込んでいたんです。それかもしれません」

ランチではチキンと豆の二種類だが、夜になるとインドカレーの種類が増える。数種類のベースを仕込むため、大量の玉ねぎを刻むのを手伝わされたみのりにも心当たりがあった。

ホールタイプのスパイスは、まずは乾煎りして風味を高める。次に油を入れてスパイスの風味を移すのだ。そこに大量の玉ねぎと、ニンニクやショウガのペーストを加えてじっくりと炒める。スパイスだけでも香りがあるのに、においのきつい香味野菜を炒めるのだから、かなり「におう」ことは確かである。みのりとゆたかには気にならなくても、慣れない者には不快に思われても仕方がないのかもしれない。

しかし、その点はみのりも考慮したことだった。もとはカフェだった古民家に最低限の厨房設備を入れて費用を抑えたが、ダクトだけは、極力近隣に迷惑をかけないように、伸ばす工事をしたのだ。

それに、飲食店にとって、店から漏れる香りは仕方のないことではないのか。

蕎麦屋からだって出汁の香りが漂ってくるし、昼のピークタイムなら天ぷら油のにおいもする。そもそも、これだけ飲食店が軒を連ねる神楽坂である。どうにか「お互い様」と割り切ってもらえないものか。しかし、今までなかった異質の「香り」がこの路地に加わったことは事実である。

みのりとゆたかはしばし考えた。

慣れないから、異臭に感じるのだ。

ならば、慣れてもらえばいい。いや、慣れてもらわなければ困る。

「大将、申し訳ありませんでした。きっと、においはカレーの仕込みの時のものです。ほら、今日はにおわないでしょう？　ウチでは、カレーは何日かぶん、まとめて仕込みます。だから、その日だけちょっと目をつぶっていただけませんか」

ゆたかが前へ出た。人当たりのよさでは、みのりは姉に敵わない。

「カレー？」

大将は驚いた顔をした。あのにおいが、カレーと結びつかなかったのかもしれない。

そのまま、大将は視線を下に向けた。無数の皺が刻まれた額に、ぷつぷつと汗が浮かぶ。

みのりとゆたかはぎょっとした。

その額から大粒の汗がつうっと流れ落ち、顎から床にぽつんと落ちるのを目で追い、たまりかねて「大丈夫ですか」と声をかけた。

勢いよく上げられた大将の顔は真っ赤に紅潮していた。

「俺は、カレーが大っ嫌いなんだ。どうにも胸やけがするし、何が入っているか分からんあの色もにおいも許せん」

「えっ、じゃあ、大将のお店にはカレー南蛮蕎麦、ないんですか？」

今度はみのりが驚いた声を上げ、ゆたかはぎょっとした。今はカレー南蛮などどうでもいい話だ。しかし、大将はまともに受け応える。

「当たり前だ。出汁の香りこそ蕎麦の命だからな。よけいなものは必要ない」

「ええ～、私、カレー南蛮が大好きなのにぃ。お出汁とカレーで、くたくたになったネギ、最高じゃないですかぁ」

みのりは情けない声を上げる。挨拶に行った時、『手打ち蕎麦　坂上』で食事をしなかったことを心から後悔した。あの時蕎麦を食べ、世間話のひとつでもしておけば、もっと打ち解けることができていたかもしれない。それに、お品書きにカレー南蛮蕎麦がないことにも気づいただろう。

荒い息をつく大将と、途方にくれるみのりの間に、ゆたかが割って入った。

「まぁ、まぁ、大将さん。ちゃんとお話を伺いますから、どうぞお店に入って、お掛けください。明日から十月だというのに、まだまだ陽ざしは夏みたいに厳しいですから」

ゆたかがやんわりと大将をカウンター席に誘い、そっとみのりに片目をつぶって見せる。きっと姉には、何か考えがあるのだろう。みのりは、姉に任せることにした。

2

長嶺猛は、案内されたカウンター席に座ると、じろじろと店内を見回した。

本当は文句だけ言って帰るつもりだったが、何だか急に体が熱くなってフラフラした。血圧でも上がったのだろうか。いや、姉妹だという女たちがカレーなどと言うからだ。以前、挨拶に来たのは覚えている。

スパイス料理と聞いて、またよく分からない飲食店が増えるんだと思った。べつにそれは構わない。様々な店がある。おかげで神楽坂が賑(にぎ)わう。そのなかで、自分は蕎麦屋の暖(の)

簾を守っていけばいい。さして関心がなかったため、スパイス料理とカレーが結びつかなかった。それは自分の落ち度だ。

カレーは昔から嫌いだった。日本のカレー、インド料理のカレー、興味がないから、その違いも知らないし、考えたこともない。

しかし、何となくインド料理店のイメージはできた。象の顔をした神像が置かれたり、甲高い女性ボーカルの歌謡曲が流れたりしているような店だ。しかし、ここはそのイメージとは違うようだ。そもそも、この店にはBGMがない。

店内はあくまでも殺風景。昨年まで、ここは年寄りがやっている茶店だった。白石のばあさんだ。あれだけ元気に見えたが、突然ぽっくり逝ってしまった。羨ましいことだ。

外観はほとんど変わっていない。店内の土間のような床も、少し剝がれかけた漆喰の壁も、おそらくそのままなのだろう。今はレトロブームとも言われているし、案外こういうボロ屋が、この姉妹くらいの年代にはウケるのかもしれない。

シンプル過ぎるともいえる内装に、猛は少し気勢を削がれていた。

数日前、猛を悩ませたにおいは紛れもない事実なのだが、深いブラウン色に磨き上げられた古木のカウンターに向き合ってみると、まるでコーヒーとパンケーキでも出てきそうな店にも思える。

もちろん、猛はパンケーキの出てくるような店を訪れたことはない。孫から妻のスマートフォンに送られてきたオシャレなカフェの写真を、無理やり見せられただけである。
その妻は、今日は横浜の娘の家に出かけている。学校帰りの孫娘と待ち合わせて、三人で元町のカフェに行くそうで、ウキウキと出かけて行った。帰りは遅くなるからと、食事は近所づきあいのあるとんかつ屋ですませるように言われている。

しかし、どうにもなぁ。

猛は無意識に胃のあたりをさすっていた。揚げ物など食べる気にはなれそうもない。どうも、夏ごろから食欲がない。疲れも抜けない。だから、よけいにこの店から漂う得体の知れないにおいが癇に障ったのである。

とんかつを思い浮かべたからか、カレーの話をしたからか、何やら胸のあたりがむかむかしてくる。猛は息苦しさを覚え、くたびれたポロシャツのボタンをひとつ外した。

急に、あの嫌なにおいまで鼻の奥によみがえってくるような気がした。玉ねぎ、ニンニク、ショウガ、そして、訳の分からないスパイスと油の混じった、異様なにおい。ちょっと鉄さびのようにも思えたあのにおいが、本当にカレーのにおいなのだろうか。

そもそも、カレーなんて何が入っているか分からない。複雑な色、味わい。日本蕎麦の、雑味のない澄んだ出汁に慣れ親しんだ自分には、まったく理解できない。

猛は、鼻の奥にまとわりつくような香りの記憶を振り払うように首を振った。

その時だ。ふっと、鼻先をかすめた清涼な香りに、顔を上げた。

目の前に、心配そうに覗き込む顔があった。

おしぼりを差し出され、「すまん」と素直に受け取った。よく冷えたおしぼりだった。

猛は額に浮いた汗を拭う。

「外は暑かったですからね。私は辻原ゆたかといいます。あっちは、妹のみのり。ご近所なんですもの。お互い、嫌な思いをしたままでは、よくありません」

冷たいおしぼりが心地よく、顔に押し当てたまま、猛は上目遣いにゆたかを見た。

改めて先ほど感じた涼やかな香りに意識をこらす。

「何だ、このにおい。こう、胸の中がすうっとするような……」

猛はおしぼりを鼻先に押し当てた。

「おしぼりに、ちょっとミントの香りを仕込んでいます。私の手にもミントの香りが染みついているかもしれませんね。さっきまで、サラダの準備をしていましたから」

「サラダ？」

「ええ。ランチのセットに付けるサラダです。葉物野菜に、少しだけ千切ったミントとコリアンダーも混ぜています。苦手な人もいるでしょうけど、スパイス料理の面白さは、口に入れた時の驚きだと思っていますから」

くったくのないゆたかの笑顔に、猛は驚いた。

「ミントって、そもそも食べるものなのか？」

デザートの皿に添えられる飾り程度の認識しかなかった。

「そうバリバリ食べるものではありませんけど。でも、清々しい香りは気分をリフレッシュしてくれますし、解毒や解熱の作用もあるとされているんです。暑い国で多用されるのは、きっとほてりを冷ましてくれるからじゃないでしょうか」

ゆたかの話を聞いていると、横から妹まで口を出してきた。

「ねぇ、大将。せっかく来てくださったんですから、もちろんお食事もなさいますよね。ご近所のよしみで、今日は開店大サービス、デザートも付けちゃいます」

二人に乗せられてなるものかと、猛はぷいっと横を向いた。

「悪いが、食欲がまったくないんだ。昨日も一昨日も、つるりとした蕎麦しか喉を通らない」

「お蕎麦ばかりだと、栄養が偏っちゃいますよ」

「蕎麦は江戸っ子の魂だ。栄養価も高い。弱った時でも喉を通って、胃にもたれない。これ以上の食べ物はない」

「もしかして、冷たいものばっかり食べていました?」

「毎日、暑いからな」

ゆたかは得心したように頷いた。

何が分かるというのだ。

蕎麦は、江戸時代の飢饉からも人々を救ったというではないか。米に比べて、気候変動の影響が少なく、早く収穫することができる。東北のほうでは、次なる飢饉に備えて、蕎麦の種を大事に保存していたと聞く。素晴らしい食物ではないか。

六十五歳、体力にはまだまだ自信がある。蕎麦屋に定年はない。この先、少なくとも十年は妻の美沙子と二人、店を続けていけるはずだ。なにせ、個人店は自分だけが頼りだ。これまでだって、定休日以外は店を休まず、厨房に立ってきた。

夏場のグラグラと煮えたぎる釜の前、蕎麦のぬめりを取るための、真冬の凍てつく氷水、年を取るにつれて、どちらもこたえるようになってきたが、弱音を吐いてもどうにもならない。蕎麦屋とはこういうものなのだ。そうやって、五十年近く守ってきた店である。

いつの間にか、目の前に置かれていたグラスをとってグビリと飲んだ。飲んでから驚いた。常温の水だ。てっきり冷えているものと思ったから、拍子抜けして咳き込んだ。ただ、後味が清々しい。こちらにも、どうやらミントが入っていたらしい。

「ぬるい」

思わず呟いて顔を上げると、じっと見つめているゆたかと目が合った。

「大将さんにおすすめのメニューがあるんです。においのお詫びに、今日は私がご馳走しますから、ぜひ召し上がってください。もっとも、においは仕方のないことですから、今後も大目に見ていただかなくてはいけないんですけど」

もいない。

「俺に、おすすめのメニュー?」

よけいなお世話だ。そもそも、初めから食事をするつもりなどなかった。空腹を感じて

「お疲れがたまっているようです。顔色もさえないですし、食欲がないのは、胃腸の働きが弱っているのかもしれません。いつまでも暑いですから、夏の疲れが今ごろ出ているんじゃないでしょうか」

猛のことなどおかまいなしに、ゆたかはカウンターの向こうで何やら準備を始めている。

「妙なものを出されても、絶対に食わんからな」

猛は腕を組むと、目を閉じて、椅子の低い背もたれにふんぞり返った。

「ちょっと、お姉ちゃん、いったいどうするの? 本当に食べてもらえなかったら、このお店の悪口、町内に言いふらすにきまっているよ」

小声にしているつもりでも、もともとよく通る声質らしく、はっきりと聞こえる。

猛はフンと心の中で笑う。しょせんは若い娘の考えることだ。そこまで意地の悪いことをする気はないが、少なくとも、二度と自分はこの店に足を運ばないだろう。

「それよりみのり、もうすぐ十二時よ。さすがにランチ目当てのお客さんが外を歩いているでしょう。一人でも、二人でも連れてきなさい」

「はあい」

すごすごと妹が出ていく。まだ客は自分一人。まぁ、客のつもりはなかったのだが、このままどれほどの客が来店するか見物するのも面白い。

猛は考えを改めて、カウンターに両肘をついた。

厨房では、何やら炒める気配がする。調理の傍らゆたかが話しかけてきた。

「奥様も一緒にいらっしゃればよかったのに」

「だから、文句を言いに来ただけだと言っただろう。それに、毎日家でも店でも顔を突き合わせているんだ。休みの日くらい、羽を伸ばしたいのさ」

口にして、ふと思った。

いそいそと、楽しそうに出かけていった美沙子。もしかして、羽を伸ばしたくて仕方がないのは妻のほうかもしれない。

休みの日の自分は、店の二階の自宅でのんびりし、出かけるといっても、お堀の釣り堀に行ったり、商店街の連中となじみの店に顔を出したりする程度だ。それに比べ、美沙子は友人と観劇に出かけ、専業主婦の娘と横浜で待ち合わせ、食事や買い物を楽しんでいる。もっとも、『手打ち蕎麦　坂上』は土日も営業しているため、孫娘に会うには店が休みの平日に横浜まで出かけるしかない。

一抹の寂しさを覚え、猛はグラスに残っていたぬるい水を飲み干した。

息をつき、厨房から漂ってきたにおいにはっとした。

「おい、俺は、カレーは嫌いだとあれほど……」

「カレーじゃありませんって。ただ、当店はスパイス料理店ですから、どうしてもこういう香りが溢れ出ちゃうんです。美味しそうな、良い香りでしょう?」

カウンターの向こうでゆたかがにっこり微笑んだ。

はめられた。ゆたかの優しそうな笑顔にすっかり騙されてしまった。

猛は席を立とうかと思ったが、それでは男がすたると思いとどまった。

しかし、カレーじゃないとは、どういうことだ。

漂ってくるにおいは、まぎれもなくカレーである。

ふと、猛は胃のあたりの違和感に気づき、ポロシャツの上からそっと押さえた。

久しぶりのこの感覚。

空腹感だ。

香りは食欲を刺激するというが、まさか、このにおいのせいだというのか。嫌厭していたカレーに似たにおいで?

猛はとまどった。

そういえば、さっき、おしぼりを手渡された時に鼻先をかすめたミントのにおい。あの時から、何かがおかしくなっていた。久しぶりにすっきりとした気分になって、深く息を吸い込む代わりに、体にたまっていた空気を思いっきり吐き出していた。やけに熱っぽい空気だった。いや、おかしいというよりも、これまでが変だったのか？

厨房からはじゅわじゅわと調理の音が聞こえている。それにつれて、香りもますます高まっている。相変わらず、ほかの客は入って来ないが、時刻は十二時を回っていた。

「おい、ちょっと時間がかかり過ぎじゃないか？　俺一人でこんなに手間取っちゃ、忙しい昼飯時なんてとても手が回らんだろう」

猛は、厨房の音に負けないように声を張り上げた。

ランチタイムはスピードが勝負だ。蕎麦なら、とうに数人分はテーブルに運んでいる。夏場はもりやざるが主力商品だが、冷たい蕎麦でも時間が経てば伸びてしまう。

昼はかき入れ時だ。神楽坂は観光客も多いが、近隣で働く者や、近所の住人も訪れる。江戸っ子の流儀で、蕎麦はさっと食べられるのが魅力である。客を待たせるわけにはいかないし、客の入れ替わりが多ければ、その分、売上になる。

「アドバイスありがとうございます。お待たせして申し訳ありません。これ、本当はディナータイム限定のメニューで、お昼はやっていないんです。でも、どうしても大将に食べていただきたくて。特別サービスです」

何が「特別サービス」だ。のんびりとしたゆたかの声に、猛は心の中で悪態をつく。

でも、知らずに顔がにやけた。「特別サービス」がちょっと嬉しかった。

「おまちどおさま。どうぞ召し上がれ」

カウンター越しに、ゆたかが大きな皿をどんと置いた。

猛は目の前の皿をしげしげと眺めた。白い皿には、薄茶色に色づいた米がこんもりと盛られていた。米といっても、日本のものとは違う。細長くて、薄っぺらい。

もう何年も前だが、日本の米が不足して、輸入米が多く流通した年があった。「平成の米騒動」とも言われている。冷夏が原因で、日本の米が不作だったのだ。

あの時、心配した妻もタイの米を買ってきた。炊(た)いてみたが、インディカ米は日本のふっくらした米とはまったく違い、粘りも甘みもなかった。「米がなければ蕎麦を食う」と、猛はすぐに箸(はし)を置いた。その時の記憶がよみがえる。

やはり、異国の料理。日本人の舌には合わんだろう。

「焼き飯か？」

「ビリヤニと言います。正確には、焼くというよりも炊き込みです。そうですね、パエリアに近いかもしれません」

ビリヤニもパエリアも、猛にはよく分からなかった。異国の炊き込みごはん、そう理解することにした。

「カレーのにおいがするぞ」

疑わしげに目を細め、猛は鼻をひくつかせる。

「まぁ、同じインド料理ですから」

「カレーは好まん」

「でも、さっき、大将さんは、カレーは胸やけがするっておっしゃったでしょう？　それでピンときたんです。カレーが苦手なのは、スパイスのせいじゃないって」

「どういうことだ」

「市販のルーには、油脂が加えられていて、そのせいじゃないかって。だったら、ビリヤニには、炒め油のほかは純粋にスパイスしか加えていませんから、胸やけの心配はありません。さあ、どうぞ、まずは一口召し上がって」

ゆたかに促され、スプーンを手に取る。

目の前の皿に視線を落とす。たえず鼻をくすぐる、スパイシーな香りはカレー以外の何物でもない。しかし、ふと思う。カレーとは、そもそも何のにおいなのだ？　黄色とも茶色とも言えない色は、ターメリック、つまりウコンの色である。それくらいは知っている。

しばし、迷った。

このまま、意地を張って「やはり、とても食う気にならん」とつっぱねることも考えた。しかし、それも情けない。それに、長年、飲食店を営んできて、新たな食べ物に興味がないわけでもない。タイ米を始めて口にした時も、どんなものか試してやろうと思ったのは事実だ。

じっとゆたかが見つめている。ちゃんと食べてくれるのか、反応はどうかと、心配そうに見守る表情に、猛は覚悟を決めた。

上につやつやと並んだ、スライスされたゆで卵と、散らされた緑の葉っぱをよけて、スプーンを潜り込ませる。所々に炒ったカシューナッツらしきものが見えるほか、具はないと思ったが、すぐにスプーンが何かにつっかかった。案の定、米には粘りが足りないようで、スプーンをさしたそばから、横の米がパラパラと皿に零れ落ちる。

猛は、米をかき分けるようにスプーンの行く手を遮った「何か」を探した。現れたのは、ごろりと大きな肉の塊だった。

「もう、本当に疑り深いんですね。そんなにほじくり返さないで、早く食べてください」

ゆたかが耐えかねたように吹き出す。慌てて、猛はぱくりとスプーンを口に入れた。

思った通り、米は口中でさらりとほどけた。日本の米とは違う、薄っぺらい米の一粒一粒をはっきりと感じる。それらをしっかりと嚙みしめる。

嚙みしめると複雑な味わいが広がって、猛はしばしとまどった。今まで感じたことのない味わいだ。塩味、辛味、ほのかな甘味と酸味、そして爽やかな風味。一言で表すにはあまりにも複雑すぎて、思わず目を白黒させる。

「あっ、どうぞ。バスマティライスは水分が少ないから、飲み物が欲しくなりますよね」

けっして喉に詰まらせたわけではない。年寄り扱いしおってと思いながら、素直に出されたグラスを受け取る。てっきり、さっきと同じぬるい水かと思ったが、今度は温かかった。お茶だ。でも飲み慣れた味ではない。

「蓮茶(はすちゃ)です。ウチ、多国籍なので」

　ふふっとゆたかが笑った。

　口の中がさっぱりする味だ。冷たい水よりずっとよかった。口の中には、まだ米粒も残っていて、炒めた米粒は油やスパイスを纏っている。冷たい水を飲めば、口の中で油が固まり、不快に感じただろう。

　この焼き飯は、思ったよりも悪くない。米のパサつきは納得いかないが、味はいい。確かにカレーとは違う。

　次に、先ほどスプーンの行く手を遮った肉の塊に取り掛かる。あまり洋食には興味はないが、普通、こういうインパクトある具材は、わざと見えるように上に盛り付けるものではないか。けれど慎ましく米の中に埋もれている。しかも具材としてはやけに大きい。掘り返してみれば、ひとつではなく、二個も三個もあるではないか。

　この肉は何だ？　口に入れてみて、食べ慣れたものではないと気づく。

「マトンです。大丈夫でした？」

「羊肉か」

「はい。いつもはチキンで作るんですけど、きっと大将にはマトンがいいのかなと思って。あ、マトンビリヤニも、わりと王道メニューなんですよ？」

きっと、インドでは羊肉をよく使うのだろう。蕎麦でも、鴨肉を使う鴨南蛮は定番だから、あまり一般的とは言えないマトンと聞いてもさして疑問には思わなかった。ただ、自分は食べ慣れないだけだ。

「大将さん、お疲れのように見えましたから。やっぱり、夏バテなんでしょう」

「夏バテ？　明日から十月だぞ」

昔から体力だけは自慢だった。仮に夏バテだったとしても、そんなものはちょっとした不調のひとつに過ぎない。

「ずっと、引きずってらっしゃるんですよ。特に今年は、いつまでも暑いですから。食事もずっとお蕎麦っておっしゃっていたでしょう？　しかも、冷たいお蕎麦ですよね？」

冷たいもののほうが喉を通りやすい。それに、仕事後のビールは何よりの楽しみである。しかしどれだけ水分を取っても、いっこうに渇きが癒えた気がしなかった。まだ足りないのかと、焦るようにさらに水分を流し込んだ。

「冷えちゃっているんですよ。体の芯が。それで、巡りが悪いんです。疲れが抜けないのも、きっとそのせいなんじゃないですか」

冷えている？　毎日クソ暑いのに？

釜の前で、あれだけ汗を流して蕎麦を茹でているのに？

気づけば、ぽかんと口を開けてゆたかを見つめていた。その顔があまりにも間抜けだったのか、ゆたかがぷっと吹き出した。

「そうかなって思っただけです。だって、私はお医者さんじゃありませんから。でも、羊肉が体を温める食材であることは知っています。それに、ビリヤニに使ったスパイスも、それぞれ消化を助けたり、胃腸の働きを改善したりするものばかりです。見えますか？その木の皮みたいなもの。シナモンです。血の巡りをよくしてくれて、ほかにも、クローブやクミン、爽やかな風味はミントで、気分をすっきりさせてくれます。日本よりも暑い国の人々の知恵が、ぎっしりと詰まったお料理なんです」

食文化は、その土地の風土や暮らしに根差して発展する。そういうことか。

猛はマトンを噛みしめた。噛みしめたはずが、思いのほか、やわらかかった。

「ヨーグルトでやわらかくなります。インドのお料理は、お肉をヨーグルトでマリネして、やわらかくしますし、筋や皮をきれいにはずします。それが、これだけ丁寧に仕事をしているんだっていう、コックさんのプライドみたいです」

またゆたかが微笑む。すべてを見透かされているようだった。

じわじわと胃の中が温かい。きっと、スパイスのせいなのだろう。

しかし、それ以上に、熱く、体を駆け巡るものがあった。

「お前さん、俺のことを見て、この何とかって料理を選んで、作ってくれたのか」

「ビリヤニです」

すかさず、ゆたかが言う。

ふと、妻の顔が頭に浮かんだ。

美沙子。蕎麦屋の女将として、四十年も一緒に店を守ってくれていた。それに加え、娘の真理子（まりこ）も立派に育て上げ、今ではかわいい孫娘までいる。

朝早くから蕎麦を打つ猛と違い、美沙子は家事をこなしてから店に下りてくる。毎朝、妻が握ってくれた握り飯を食べて仕込みの続きをし、美沙子は美沙子で、店の掃除や開店準備をする。昼の営業が終わったあとは二人で蕎麦をすする。猛は座敷で昼寝をし、妻は買い物に行ったり、銀行に行ったりと雑用を済ませる。午後五時になると夜の営業が始まり、午後九時の閉店まで忙しく立ち働く。たいてい美沙子は先に二階の自宅に戻り、食事を用意して夫の帰りを待っている。この夏はどうにも箸が進まない猛を見て、心配してくれていることは分かっていた。

思えば、これまでも自分の食に関しては無頓着（むとんちゃく）だった。

妻に何が食べたいと言ったこともないし、出されたものに対して美味しいと言ったこともない。食を提供する仕事をしながら、何と食をないがしろにしていたのか。

その時だ。勢い良く引き戸が開いて、威勢のよい声がした。

「お客様、ご来店で〜す。さぁ、奥のテーブルにどうぞ」

ゆたかが「いらっしゃいませ」と入口を振り返り、猛もつられて顔を向けた。

戸口に立っていたのは、飯田橋の駅前に店を構える、堀田不動産の社長と、その息子だった。

「お」

「あ」

お互いに顔を見合わせ、驚いた声を上げる。

「これは、『坂上』の大将さんに先を越されましたか。この物件、ウチが紹介したものですから」

「ふん。敵情視察みたいなもんさ。俺と、あんた方、まだ今日は二組だけだ」

「いやいや、大将、ランチタイムはこれからですよ。さて、おすすめは何ですか」

「タイのグリーンカレーです。スパイスたっぷり、刺激的なカレーは、今日みたいに暑い日にぴったりですよ。ライスもおかわりできますから、ぜひ」

みのりが愛想よく笑うと、不動産屋は「じゃあ、それ!」と即答し、猛は顔をしかめた。タイのカレーなど、ますます分からない。

不動産屋が呼び水となったのか、その後、立て続けに来店があった。

気になった猛は、チラチラと振り返ったが、見知った顔はなく、自分の蕎麦屋の客ではなかった。すぐ後ろのテーブルは、神楽坂散策に訪れたのか、中年女性の二人組だった。ちらりとメニューを見ただけで、「グリーンカレーちょうだい」「じゃあ、私はガパオライス」と慣れた様子で注文を済ませる。

猛は驚いた。自分とそういくつも年齢が変わらない彼女たちの食生活には、聞き慣れない料理がすっかりなじんでいるのだ。軽い衝撃を覚える。

みのりがグラスとおしぼりを持って、中年女性のテーブルに向かう。横を通った時、グラスがカランと音を立てるのを聞き、氷が入っていることに気づいた。

さっき、自分に出されたぬるい水も、温かいお茶もまた、ゆたかが気を利かせたものだったのだ。完敗だった。

猛は、パサついた米の最後の一粒まできれいに食べきった。ふと、先ほどほかのテーブルに運ばれた料理を見れば、ライスは日本の米だった。どうやら薄っぺらい米は、この焼き飯のために用意しているらしく、それ以外は日本人の好みを考慮したのだろう。しかし、その薄っぺらい米はスプーンではすくい切れず、最後の数粒は指でつまんで口に入れた。戦後の生まれとはいえ、食べ物を粗末にすることは考えられない。

しかし、と皿を見下ろす。食べ終えた皿に残っているものがある。

大雑把(おおざっぱ)に千切られた緑の葉と、木の皮のようなもの、そして、不思議な形の物体。きっとスパイスなのだろう。種のようにも、実のようにも見える。果たして、これは食べるべきものだろうか。

続けて二組ほど客が入ってきた。狭い店内はほとんど満席だ。いつしか、ゆたかもみのりも慌ただしく動き回っている。二人にどれほどの経験があるのかは知らないが、ほとんど同時に客が押し寄せるランチの営業を、初日からこなすのは大変だろう。

猛の蕎麦屋がそうだ。妻と二人、昼のピークタイムにはただ注文を通すだけで、ひたすら黙々と自分の仕事をこなす。言葉はなくても、それで済むのは、長く連れ添った夫婦だからだ。おそらく、妻でなくてはああはいかないだろう。

多少もたついたところはあるが、二人はうまく店を回している。姉妹だから息が合うのか。ほっとしている自分に猛は苦笑した。

店には様々な香りが溢れていた。先ほど食べたビリヤニともまた違う。しかし、それが嫌なものではないことに、猛は驚いていた。興味をそそられる香りだった。

「グリーンカレーとは、何だ？」

思わず、ゆたかを呼び止めていた。

「タイのカレーです。コリアンダーなどの緑の葉っぱのペーストを使うから、緑色なんです。カレーといっても、インドのものとはかなり違います。ごはんにかける、スパイスの効いた汁物なら、日本人は何でもカレーって呼ぶのかもしれませんね」

ゆたかは楽しそうだ。分かる。店が忙しくなると、猛もいつも以上に張り切ってしまう。

皿の上に残ったものは何かと聞こうと思っているうちに、ゆたかは厨房の奥へと行ってしまった。

ならば自分で試してみるまで。

猛は、皿の上の種のようなものを口に放り込んだ。カリッと嚙んだとたん、溢れんばかりに強烈な香りと味が口いっぱいに広がった。じゅわっと唾液が溢れ、一気に飲み込む。涙まで溢れそうだった。しかし、思いのほか後味は悪くない。

顔をしかめた猛に気づいて、ゆたかがとんでくる。

「クローブまで食べちゃったんですか！」

「食べちゃいけないものなのか」

「食べられないものを使うはずありません。風味はしっかり料理に移っていますけど、それ自体も強烈でしょう。スパイスって、それほど力強いものなんです。ちなみに、クローブも胃腸や、口臭予防にもいいって言われています。食後にポイッと口に入れる人も多いみたいですよ」

「多いって、どこにいるんだ」

「さぁ？　インドとか、ネパールでしょうか」

猛は呆れた。しかし、言われたとおり口の中は何となくすっきりしている。久しぶりに皿いっぱいの料理をたいらげたというのに、不思議と重さは感じない。妙に晴れ晴れとした気分だった。

「うまかった。いくらだ」

「えっ、今日はいいって最初に……」

ゆたかは腰をかがめて小声で言った。同じように猛も声を潜める。

「ほかの客の手前、そういうわけにもいかんだろう」

「……ありがとうございます」

ゆたかは困ったように笑った。

猛は、レジのみのりに言われた通り千円を支払った。ランチはいずれも千円で、自分が食べたのはランチにはないメニューだから、おそらくもっと高いものだろう。

「いらん気遣いしおって。ここの定休日はいつだ」

「え？　火曜日ですけど」

「今度、二人でウチに来い。うまい蕎麦、食わせてやる」

「いいんですか？」

「ふん。あんたの姉さんへの薬代だ。せいぜい、頑張れよ。神楽坂のランチは、ほっときゃ、夕方までダラダラ続くぜ」

「ありがとうございます！」

みのりが深々と頭を下げる。

猛は店を出た。強い陽ざしが照り付ける。まるで真夏のようだ。

『手打ち蕎麦　坂上』に向かって歩き出し、ふと振り向くと、『スパイス・ボックス』に、また新しい客が入って行くのが見えた。

「こりゃ、ウチの客が取られんよう、気を付けないといかんな」

猛は久しぶりに満たされた腹をさすりながら苦笑した。

3

オープンの翌日。みのりはゆたかと一緒に神楽坂通りの坂道を登っていた。

二人の暮らすアパートは浅草橋で、総武線を使って通勤している。

「開店初日にしてはまぁまぁだったね。お昼は三時過ぎまで満席だったし、夜も賑やかだったもん」

「うん。まぁ、夜は身内がほとんどだったけどね」

みのりの友人や出版社時代の知人が豪勢に飲み食いしてくれたおかげで、初日の売上としては予想以上だった。しかし、身内にばかり頼ってはいられない。新しい客を摑み、常連になってもらわなければ、店が軌道に乗ることはない。今は、一人でも多くの人に足を運んでもらって、味や雰囲気を気に入ってもらわなければならないのだ。

「石の上にも三年って言うからね」

おっとりとしたゆたかの言葉に、みのりは勢いよく首を振った。

「お姉ちゃん、そんな悠長なこと、言っていられないから！　お客さんを掴むのは大変だって十分分かっているけど、あの界隈では破格の金額とはいえ、家賃もバカにならないんだからね。私は三年も待てないから！」

「みのりは頼もしいなぁ。私は安心して料理に専念できるよ」

なおもおっとりとゆたかが感心し、みのりはがくりと力が抜けた。

「あまり、頼りにされても困るけど……」

実際のところ、みのりこそ飲食店の経験は初めてだ。シェフだった姉のほうがよほどと思うのだが、経営に関しては、まったく妹に任せきりである。

しかし、それも仕方ない。店の評判に何よりも大事なのは味である。それはゆたかに任せるしかない。

午後三時過ぎ、ランチの営業を終えた二人は、入口近いテーブル席に腰を下ろした。

今日も十二時前から満席となり、つい先ほど、最後の二人組の会計を済ませたところだ。

「疲れた……。考えてみたら、これが毎日続くんだもんね。定休日は週に一日だけ。出版社も死ぬほど忙しかったけど、かろうじて週末は休めていたなぁ」

「覚悟を決めなさい。それに、和史くんを見返してやるって息巻いていたのは、みのりなんだからね」

ゆたかは、みのりのかつての恋人と何度か会ったことがある。その上、ホテルの厨房で働いていたせいか、長時間の立ち仕事も、休日が少ないのも、みのりよりもずっと抵抗なく受け入れている。軟弱そうに見えて、実は強い芯が通っているのだ。だからこそ心強い。

「さ、一息入れて、ディナータイムも頑張ろう！」

ゆたかがポットから、ガラスのグラスに熱い茶を注ぐ。耐熱の分厚いグラスだから割れることはない。あたりに爽やかな香りが広がった。ミントティーだ。

「あ、甘くておいしい」

「ハチミツをちょっとね」

「それにしても、お姉ちゃんって意外と器用だったんだね。イタリアンしか経験ないのに、いくら好きだからって、いろんなジャンルの料理作れちゃうもの？」

「調理師学校出ているし、ちゃんと試作しているし」

「でもさ、東南アジアとか、インドとか、行ったこともないのに、よく作れるよね」

ちなみに、ミントティーは北アフリカのモロッコで好まれるお茶だ。

ゆたかは一度も海外に行ったことがない。ただ、夫だった柾がバックパッカーとして世界を旅してまわっていたため、きっと、家庭では様々な国の料理が食卓に並んでいたのだろう。

夫の影響でスパイスにも興味を持ったゆたかは、本や雑誌、インターネットを使って、世界中の国の文化を学び、景色を眺めたそうだ。今は何でも簡単に調べることができる便利な世の中だ。それに、昔から一度夢中になると、とことん追求せずにはいられない性格だった。

「私がやる気になったんだから、みのりも頑張ってよ」

「当たり前。絶対に見返してやるんだから」

みのりは勢いよくミントティーを飲み干し、テーブルに置かれたスマートフォンに指を滑らせた。

「それにしても、和史のやつ、開店祝いに花を送るって言っていたのに、けっきょく届かなかったじゃない。ホント、いざって時にダメな男！」

恋人という関係は終わったものの、何となく腐れ縁のようにやりとりは続いていた。後味の悪い別れとなったが、一緒に過ごした五年の月日はそう簡単になかったことにはできなかったのだ。共通の知人も多いため、まったくの他人に戻ることも不可能で、どちらからともなく、連絡を取り合うようになっていた。おかげで、今となっては何でも言い合える異性である。

「和史くんだって忙しいのよ。ほら、この前も雑誌に出ていたじゃない」

「乾燥ポルチーニの広告のコメントでしょう。あんなのに出たくらいで知らせてくるなんて、本当に恥ずかしい男」

「でも、なかなか男前だからね。顔写真と店名を載せれば、食いつく人がいるって、ポルチーニの輸入商社も考えたんだよ」

「最近、店の評判はさっぱり聞かないけどね」

ふいに、とんとんと引き戸が叩かれた。

「噂をすれば。お花が届いたんじゃない？」

ふくれっつらをしたみのりに苦笑しながら、ゆたかが席を立つ。

外に立っていたのは宅配業者ではなく、二軒隣りの蕎麦屋の大将だった。やはり昼営業を終えたばかりのようで、白衣姿だった。

「あら。どうしたんですか」

大将はうつむいたまま、手元にぶら下げたビニール袋を差し出した。

「昨日の礼だ。賄いにでも食べてくれ」

「ありがとうございます。そのうち、お店に伺おうと思っていたんですけど」

「まずは、引っ越し蕎麦だ」

さすが江戸っ子はせっかちだなと、みのりは姉の横から顔を出した。おまけに、シャイでつっけんどんだ。

「引っ越しって、もう引っ越し自体はずっと前に済んでいるんですけど」

「昨日は途中から忙しくなっちまって、ろくに礼も言えなかったからな」

「ああ、それでわざわざ来てくれたんですか」

「昨日、カミさんにも顔色がよくなったんじゃないかと言われてな、そういえば、確かに調子がよくなった。あれだけ昼飯を食ったというのに、夜にまたグウグウ腹の虫が鳴いて、こんなことは久しぶりだ」

ずっと食欲がなかったと言っていたことを姉妹は思い出した。

「きっと、胃腸が刺激されて、消化がよくなったんですよ。知っています？　スパイスって、漢方薬の原料になっているのもあるんです。薬膳料理に使われているものもありますし。ほら、大将さんのお蕎麦にも、山葵や七味唐辛子、ほかにも薬味を使いますよね。あれだって、立派にスパイスと言えるんですよ」

ゆたかの話に、大将が興味深げに顔を上げた。

「大将さんも休憩ですよね。私たちもちょうど今、お茶を飲んでいたんです。よかったらご一緒しませんか」

みのりは大将を強引に店内に招き入れる。ゆたかは厨房へ戻り、バケツに活けられた大量のミントからブチブチと葉をむしり始めた。新しい茶葉と一緒にティーポットに入れる。お湯が沸くと、勢いよくポットに注いでしばらく蒸らす。

大量のミントは、南房総の実家から送られてきたものだ。実家の庭には、ゆたかと柾が家庭菜園の隅を借りて作っていたハーブ園があり、今は母親が手入れをしてくれている。

もともと生命力のあるハーブ類は、ほとんど手をかけなくても、びっくりするくらいワサワサと生い茂っている。きっと土壌が合ったのだろう。母は、そこから適当に摘み取って、クール便を使って送ってくれる。

大将は姉妹の向かいの席に座り、出された茶の爽やかな香りに目を細めた。

「七味唐辛子がスパイスってのは、何となく分かる」

「日本では代表的なミックススパイスですよね。それぞれにも効用はありますし、風味がよく、食欲を増進させて、お蕎麦の味を引き立たせてくれます。スパイスの概念が薄い日本でも、山葵や大葉、ミョウガなどを薬味として自然と日々の食事に取り入れてきたんです」

「なるほどなぁ。確かに、山葵は辛味の刺激だけでなく、抗菌作用があるから寿司でも使われてきたんだったな」

きっとこれまで、大将は深い考えもなく、当たり前のように冷たい蕎麦には山葵やネギを添え、テーブルには七味の壺を置いていたのだろう。

「あんたは、いちいち、そんなことまで考えながら料理をしているのか」

大将の言葉に、ゆたかが微笑みながら軽く首をかしげる。

「どうでしょう。ただ、美味しく召し上がってほしいってことは常に考えています」

「そんなのは当然のことだ」

「そうですよね。でも、口に入るものは、私たちにとっては大切なエネルギー源です。あっ、単にお腹がいっぱいになり、食べ物の栄養を吸収するってことではないんです」

　みのりは顔を上げて、姉に目をやった。大将も不思議そうにゆたかを見つめていた。

「美味しいと感激したり、初めての味に驚いたり、そういう感覚が刺激となって心を潤して、私たちのエネルギーになるのではないでしょうか。もちろん、食べ物に限らず、音楽や、芸術作品も同じようなものでしょう。でも、食事は基本的に一日に三回しますでしょ？　いちばん簡単で、手軽ですよね。だから私、食べてくれた方が元気になれる、体にも心にも栄養になるようなお料理を作っていきたいんです」

　大将はぽかんとゆたかを見つめていた。

　みのりには、大将の気持ちが何となく分かった。お腹がいっぱいになる。そうすれば、自然と心も満たされる。飲食店はお金をもらって料理を提供しているのだから、美味しいのは当たり前であり、味を磨くことに努力を惜しんではいけない。つまり、お客さんの「美味しい」の声は、自分がつぎ込んだ時間や努力への報酬でもある。それによって、より自信を持って営業を続けることができるのだ。

「きっと、私がスパイス料理に勇気づけられたからかもしれませんね。私にとって、スパイスは、魔法の粉なんです」

　もちろん、スパイスの形は粉に限らないんですけど、と、ゆたかはちょっと恥ずかしそうに微笑んだ。

「私、もともとは房総半島のリゾートホテルのシェフをしていたんです」

みのりは驚いた。姉が自らホテル時代の話をすることはめったにない。

「ある日、私の料理を食べたお客さんがお腹を痛くしてしまったんです」

「まさか、食中毒か」

大将が身を乗り出す。みのりも初めて聞く話だった。

食中毒。飲食店がもっとも恐れることだ。原因が店と判明すれば、一定期間の営業停止はおろか、世間の信用も評判も一度に失うことになる。

ゆたかはゆるく首を振った。

「五歳のお子さん一人だけでした。保健所も調べましたし、同じお料理を食べたご両親も、ほかのお客さんも体調に変化はなく、従業員も全員問題ないということで、大ごとにはなりませんでした」

「じゃあ、たまたま体調が悪かったか、菓子とか、いつもと違うものを口にしたんだろう。旅先ではしゃいだり、海水浴でもして、腹を冷やしたりしたのかもしれん。子供は環境の変化に敏感だからな」

「そうかもしれません。とっても人懐っこい、かわいい男の子だったんです。食事中も美味しい、美味しいって喜んでくれて。それが、数時間後には真っ青な顔で唸(うな)っているんです。幸い、数日後にはすっかり元気になったそうでよかったんですけど、それ以来、お客さんに料理を作るのが怖くなってしまって……」

食中毒ではないと分かっていても、自分のせいではないかと思いつめてしまったらしい。何度も手を洗っても安心できず、まな板、包丁、調理器具のすべてから、食材に至るまで、すべてが信用できなくなったという。調理場に入るのも、出勤するのも恐ろしく思えて、眠れなくなり、食事も喉を通らなくなった。

そんな時、外へ連れ出してくれたのが、のちに夫となる柾だった。ホテルで働き始めて間もない頃だったという。

「夏の繁忙期前にって、オーナーが出した求人に応募してきたんです。何年も外国を旅してきたっていう、ちょっと変わった人でした。ようやく日本に腰を据えようって帰ってきたけど、やっぱり旅が好きだから観光地のホテルで、たくさんの人と関われる仕事がいいと募集に応じたそうです。オーナーも、悪い人ではなさそうだし、面白いから採用したなんて言っていました。きっと、最初は繁忙期だけの臨時バイトのつもりだったんでしょう。その人が、気分転換しようと言って、ボロボロの中古車でドライブに連れて行ってくれました。海沿いの、大きな観覧車のある公園まで……」

芝生の上で、二人はいつまでも海や空を眺めていた。いつしか空も海も茜色に染まり、うっすらと夜の気配が漂い始めると、柾は食事をしてから館山に帰ろうと言った。

車を公園の駐車場に置いたまま、ゆたかは知らない町を歩いた。正直なところ、お腹などまったく空いていなかったのだが、ただ柾の後ろをついて行った。ほとんど一日を一緒に過ごしても、たいした会話を交わしていなかった。ゆたかは、まだとても日々を楽しめる気分ではなかったのだ。ただ、いたわるように横にいてくれる柾の存在は嫌ではなかった。

「そしたら、ふっとカレーのにおいがしてきたんです。その人が足を止めて、ここ、知り合いの店だよ、って。いかにもな感じのインド料理店でした。そうですね、一人だったら、絶対に入る勇気が出ないお店です。だけど、おかしいんです。全然食欲がなかったのに、カレーのにおいをかいだとたん、急にお腹が空いた気がしたんです。コックさんも向こうの国の人でした。でも、片言ながら日本語が上手で、ずっとまともな食事をしていなかった私のために、とってもさらっとした、野菜のカレーを作ってくれました。スープみたいなカレーは、野菜とスパイスの滋味深い味がして、私の体の隅々まで、すうっとしみ込んでいくようでした。血が通うって、きっとああいう感覚なんじゃないでしょうか。お料理で、体の細胞ひとつひとつが目覚めるような、強烈な感覚。ずいぶん久しぶりに、食べ物の味を感じることができました。あの時、私は生き返ったんです」

初めて聞くエピソードに、みのりは、姉がどうしてとりわけインド料理にこだわるのか納得した。きっとその時の感覚を、たくさんのお客さんに味わわせてあげたいのだ。もちろん、単に美味しいと感じてもらうだけでも構わないだろう。ただ、もしもその人の中に滞っているものがあるのなら、スパイス料理の力で動かしてあげたいのだ。

話を聞き終えた大将は深く頷いた。まさに同じことを経験したばかりなのだ。

それから、ニヤリと笑う。

「その店に連れて行ってくれたのが、あんたの亭主だろう」

ゆたかが驚いたように目を見張る。

「あんたの料理は愛情のこもった、幸せな味がする」

「幸せな味ですか」

「ああ、食べた客を幸せにしたいっていう味だ。あんたの顔も、そういう顔をしている」

みのりは強引に二人の間に割って入った。

「え～、じゃあ、私はどんな顔をしています？」

「それだけ気が強ければ、まだ独り者だろうな」

「大将、ひどい。それに、前時代的！　どうせ、男運がないですよ」

頬を膨らませたみのりに、大将が豪快に笑い、ふと、思い出したように姿勢を改める。

「そうそう、大事なことを知らせに来たんだった」

「お蕎麦を届けに来ただけじゃないんですか？」

みのりとゆたかも表情を引き締めた。また、何かあったのだろうか。

「実は、『手打ち蕎麦　坂上』でも、カレー南蛮蕎麦をやってみることにした」

「えぇっ」姉妹の声がそろう。

「でも、カレーはお嫌いだったのでは？」

ゆたかに問われ、大将はちょっとバツが悪そうにうつむいた。

「食わず嫌いだったのかもしれん。いや、あの時は確かに胃にもたれて、どうしようもなかったんだがな……」

大将のカレーの記憶は子供の頃にさかのぼる。食べたカレーは小麦粉を炒めて、カレールーを作るもので、粉っぽさだけが記憶に残った。

しかし、美沙子と付き合い始め、デートの際に喫茶店でカレーを注文すると、昔の記憶とは正反対のクリーミーで濃厚なビーフカレーが出てきた。美味しいと思ったものの、ひどく胃にもたれた。それから映画を観て、奮発して予約していたフレンチレストランを訪れた。夜になっても胃はもたれたままで、フレンチどころではなかった。しかし、嬉しそうな美沙子の前で不機嫌な顔をすることもできなかった。苦い記憶である。

「きっと、生クリームでもたっぷり使われていたのかもしれませんね。それに、ご実家の蕎麦屋で修業していた大将には、洋食そのものが食べ慣れないものだったのかもしれませんん。欧風カレーは、インドのカレーとはまた違いますし、一般的に流通している日本のカレールーは、それに近いものです。きっとカレーは、インドや現地の人にとっては、日本のみそ汁みたいなものだと思うんです、たぶん」

「みそ汁？　まさか」

「……だから、たぶん」

「姉は実際に現地を訪れたことはありません。本とかインターネットとか、いろんなところから情報を仕入れているだけなので、おそらく確信が持てないんです」

みのりの言葉に、ゆたかは反論するように語気を強めた。

「行きつけのインド料理店のアヤンさんに教わったんです！　彼らにとって、スパイスは調味料であるとともに、体の調子を整えるものでもあります。私たちが、みそ汁で野菜と発酵食品のみそを摂取しているように、彼らもまた、野菜やお肉をスパイスで調理したスープ状のものを毎日、いえ、ほとんど毎食食べているそうです。でも、彼らの使うスパイスでスープを作ると……」

「カレーだ！　カレーになってしまう！」

「そういうことです。でも日常的かつ家庭的な料理なので、クリームやバターは使いません。そうすると、さらっとしたスープみたいなものになり、まさに日本のみそ汁です。もたれるどころか、体にすこぶる優しいお料理です」

「なるほどなぁ、この前出してくれた焼き飯も、よけいな油がないから、平気だったんだな」

「ビリヤニ」

姉が訂正するのを無視して、みのりが口を挟んだ。

「でも、大将。においも嫌いだったんじゃないんですか？　どうして、今までやっていなかったカレー南蛮を？」

「……俺がカレー屋でカレー味の焼き飯を食べたと話したら、カミさんが驚いてな。いや、喜んだんだ。あなた、食べられたんですかって。実は、カミさんは大のカレー好きだったんだ」

若かりし日の苦いデートの記憶は、大将の妻の心にもずっと刻まれていたらしい。カレーを食べてから、どうにも大将の顔色がさえない。予約したと意気込んでいたフレンチレストランでは、楽しんでいるふうを装っても、額には脂汗が浮かんでいた。無理をしていることは明らかだった。

付き合い始めた頃である。お互いに相手の表情や態度には敏感であるし、つい観察してしまうものだ。彼女は、きっと自分を気遣って苦手な場所にも連れて行ってくれる大将の優しさに心を打たれたのではないだろうか。

以降、長嶺家の食卓にカレーが上ることはなかったし、フレンチレストランに足を運ぶこともなかったという。唯一、一人娘である真理子の結婚披露宴のパーティーのメニューを除いて。

「とにかくカミさんが喜んでな。だったら、店でもカレー南蛮やってほしいって。なんでも、定休日になるといそいそと娘のところに出かけていくのは、好きなものを自由に食べられるからなんだとよ。これまで我慢してきたが、俺たちも、もういい年だからなぁ。何事も我慢せず、好きなことをやろうと考えを改めたらしい。まぁ、四十年以上も俺に付き合ってもらっているからよ。この先も、どっちかが先に死ぬまで、ずっと一緒に蕎麦屋をやっていくわけだし、たまにはカミさんの願いのひとつも叶えてやらないとな」

どちらかが先に死ぬまで一緒に。

当たり前のように口にした大将の言葉に、ゆたかの目が潤む。

みのりは気づかないふりをして、興奮のために紅潮した大将の顔を見つめた。

奥さんのことが大好きなのだ。そして、死ぬまで蕎麦を打つ覚悟でいる。

「カレー南蛮の試作には、ぜひ招待してください」

ゆたかはにっこりと微笑んだ。

第二話　迷路の国のタジン鍋

1

十月も半ばに近づくと、ようやく秋の気配が漂い始めた。それでも時々、季節外れの真夏日を記録するほど、今年の東京は暑い。まるで亜熱帯だ。

神楽坂通りを坂下から毘沙門天(びしゃもんてん)の門が見えるまで上り、特に目印のない角を左折して、まっすぐではない路地を右に左にと進む。さりげなく看板を出したワインバー、年季の入った暖簾(のれん)が目印のとんかつ屋、老舗(しにせ)の蕎麦屋(そばや)……、競合店ひしめく路地の奥から漂う異国の香りを辿(たど)って行けば、二階建ての古びた木造家屋の一階がスパイス料理店『スパイス・ボックス』である。

いつものように神楽坂通りを登ってきた姉妹が、『手打ち蕎麦　坂上』の前を通り過ぎると、濃い出汁の香りが漂っていた。

店舗の上を住居とする蕎麦屋の仕込みは早い。出汁の香りにまじって漂う香りに、思わず姉妹は顔を見合わせた。カレーだ。先日試作に呼ばれたばかりだが、早くもメニューに加わるらしい。

「新規オープンしたスパイス料理店の二軒隣りでカレー南蛮を始めるなんて、いい根性しているよね」

ため息交じりのみのりの言葉に、ゆたかは笑った。

「いいじゃない。すっかり大将さんも常連になってくれたんだから」

「もちろん冗談よ。私だって、カレー南蛮は嬉しいんだから」

見慣れた木造家屋が見えてくると、みのりが鍵を取り出し、引き戸の鍵穴に差し込む。

ガラガラと開けたとたん、いつの間にか染みついた複雑な香りが溢れ出す。

「今日も頑張ろう」と古びた照明スイッチを押せば、薄暗い店内に明かりが灯る。

一日の始まりである。


その日のランチタイム終了後のことである。

洗い物を済ませたゆたかは、すっかり落ち着いた店内の片隅に置かれた段ボールの横にしゃがみこんだ。送り状を確認し、弾んだ声を上げる。

「届いた～」

「何が？」

ナンプラーやらパクチーやら、店内に溢れた異国の市場めいた香りを逃がすよう、みのりは引き戸を全開にした。夕方に近づいた陽の光が、涼やかな風とともに店内に入り込む。細い路地を吹き過ぎる風はカラリと乾いていて、すっかり秋のものだ。みのりは目を閉じて、しばしほてった頬を冷ました。

今日のランチもまずまずの賑わいだった。

カレーに、麺類。熱々の料理を運び、食器を片付け、忙しいランチタイムを乗り越えれば、たとえ狭い店内とはいえかなりの運動量だ。

何度か深呼吸をしたみのりは振り向いて、段ボールから包材に包まれたものを慎重に取り出しているゆたかを眺めた。

「いったい、何が入っているの？　その迷惑な段ボール」

荷物が届いたのは、およそ二時間前、まさにランチのピークタイムだった。

ちょうど新しく入ってきた客と、会計に立った客、注文のために手を上げた客が重なったタイミングで、みのりは右往左往していた。

いかんせん、『スパイス・ボックス』は、姉妹二人で切り盛りする店である。時には猫の手も借りたいほどに忙しい。

レジを打ちながら、新規の客に「奥のテーブルへどうぞ」と声を張り上げた時だった。再び入口から「すみませ〜ん」と声を掛けられ、顔を上げたみのりは、しばし目を奪われた。入口に立つ大きな段ボールを抱えた宅配業者が、あまりにも好きなタイプのスレンダーな好青年だったのだ。

見とれたせいで、うっかりレジを打ち間違えた。通常のランチメニューなら千円きっかりだが、その時に限って追加オーダーが加わった、ちょっと複雑な金額だった。慌ててお釣りを計算しているうちに、厨房から出てきたゆたかが荷物を受け取ってしまった。爽やかな笑顔を残して去っていく青年を横目に、みのりは頭を下げながら客に正しいお釣りを手渡したのだった。

「まったく、迷惑な荷物だったよ」

「レジを間違えたのは自分のミスでしょ」

ゆたかはみのりを一瞥し、再び段ボール箱から品物を取り出す作業を続けている。

「それ何？　食材？　ずいぶん仰々しく包まれているね」

えへへ、とゆたかが笑った。わざともったいぶった様子に、少しいら立つ。

「お姉ちゃんってば」

「タジン鍋」

「タジン鍋？」

調理器具とは予想外だった。「モロッコの？」

みのりは料理雑誌の編集部勤務が長かった。それくらいの知識はある。

「うん」

「モロッコ料理もやるの？」

「うん。モロッコ料理というか、タジン料理」

タジン鍋とは、とんがり帽子のような独特の形状をした土鍋である。この形は、水が貴重な乾燥した土地で暮らす人々の知恵の結晶ともいえる。その仕組みはこうだ。鍋底の皿に並べられた食材は、加熱されることによって蒸気を発生する。蓋の上部にまでのぼった蒸気はそこで冷やされ、水滴となって再び食材に落ちてくる。つまり、少量の水分で調理が可能であり、熱に弱いという土鍋の特性上、じっくりと加熱するために、素材のうま味もゆっくりと引き出され、逃すことなく閉じ込めることができるのである。

日本でも、かつて無水調理が流行ったことがあったが、まさに同じ原理である。何よりも、このタジン鍋は形がかわいい。棚に並べればちょっとしたインテリアにもなる。

なるほど、いい目の付けどころだ。みのりは、タジン鍋に頬ずりしている姉に感心した。

「スパイスっていうと、インド料理や東南アジアの料理を連想して、辛そうだと思ってしまうけど、世界中で使われているんだもんね」

ゆたかは、四つのタジン鍋をテーブルに並べ、愛おしそうに眺めている。

「うん。各国の食材や風土によって、好まれたスパイスやハーブが違ったから、それぞれの料理に特色が出たんだろうね。つまり、大半のスパイスの原産国であるインドや東南アジアでは、辛いスパイスも好まれたってこと。大昔、そこから陸路や海路、多大な危険を冒して、スパイスは地中海のほうまで運ばれていった。だから、とても貴重で高価だったんだよ」

「モロッコ料理ではどんなスパイスを使うの？」

タジン鍋を使うモロッコは、地中海にも面した北アフリカの国だ。

「カレーでおなじみのクミンもよく使う。でも、インド料理やエスニックほどスパイスは主張しない。風味付けや、お肉の臭み消しの役割が大きいのかもね。タジン鍋を使って、体に優しい煮込み料理や、蒸し料理をやってみようと思うの」

「面白そう。……と言うよりも、食べてみたい」

みのりはごくりと喉(のど)を鳴らした。

初めは姉の言い出したスパイス料理に不安を感じたが、開店してから半月が経(た)ち、エスニック料理にかなりのファンがいることに驚かされた。おまけに、家にいた時はふさぎ込んでいた姉が、今では嬉々(きき)として鍋を振るい、メニューを考えている。

そんな姉を見ているうちに、みのり自身も自分の変化に気づき始めていた。

初めは自分を振った和史を見返したい一心だったが、実際に店を始めてみると、日々足を運んでくれる客の反応や「美味しかったよ」の声が何よりの励みになる。もっともっと客を増やして、ゆたかの料理で喜んでもらいたいと思う。モチベーションの高さは起業を決意した時と変わらないけれど、意味合いは違ってきている。今は、姉と店をやることが楽しくてたまらない。

それに、スパイス料理は想像していたよりもずっと奥深い。今はゆたかが考える料理が楽しみで仕方がない。それは、『スパイス・ボックス』の成長でもあるのだ。

ちらりと横を見る。嬉しそうな姉の顔。柾の隣でもゆたかはこんなふうに笑っていた。二人がいずれ開く店をみのりも楽しみにしていた。いつかそこに和史も加わって、四人で料理談義をすることを夢見ていたのだ。

いつも一緒にいたくせに、たまたま一人で出かけた先で柾は事故に巻き込まれた。かつて何年も一人で世界を旅してきた柾にしては、びっくりするほどあっけない最期だった。

知らせを受けたみのりは愕然とした。

無理やり仕事を早退し、連絡をくれた母親のもとに急いだ。

泣き叫んでいるかと思った姉は、思いのほか落ち着いていた。

ほっとしたのもつかの間、姉の背中をさすっていたみのりに、顔を上げたゆたかが呟いたのだ。

「柾さん、早く帰って来ないかなぁ」

みのりは背筋が凍る思いがした。姉は冷静なのではない。夫の死を受け入れていないだけなのだ。

どうやらゆたかは、柾が再び外国へと旅立ち、日本では手に入りにくいスパイスを探して、帰ってくるものと信じ込んでいるようだった。いや、死を受け入れていないわけではない。受け入れたからこそ、逃避しているようにも思えた。そもそも今の世の中、いくら異国のものとはいえ、日本で手に入らないものなどそうそうあろうはずがない。

葬儀や納骨を終えてさえ、ゆたかはぼんやりとしたままで、みのりは母親と相談して、強引に実家に連れ戻した。ホテルの仕事にも通えなくなり、柾と集めたスパイスの詰まった箱を抱えて座り込んでいるだけの日々だった。

あれから、およそ三年が経った。ゆたかは母親とハーブの世話をし、家庭菜園を手伝い、少しずつ心の傷を癒しているように見えた。しかし、みのりはもう一歩、姉を前に進ませたかったのだ。再び、外の世界と関わらせる。そこで、新しい喜びや楽しみを見つけ出す。そのきっかけは、どうやら柾の残してくれたスパイスボックスに隠れていた。二人の幸せな日々があったからこそ、姉は客の心を動かす料理を作ることができるのだ。

「さすがに、いつまでもエスニックじゃ、お客さんも飽きちゃうからね。それに、お料理には季節感も大切だから」

ゆたかの声に、みのりは我に返った。

「ここは四季のある日本だからね」

「でも、エスニック料理が人気ってこともよく分かったわ。定番メニューから外すわけにいかない。ちょっと癖のある料理って、リピーターが多いのよね。今日はコレって決めて来てくれる」

「そうかもしれないね。常連さんもずいぶんできたし」

「そういう方にも喜んでもらえる、いつもとは違ったメニューも提案できるようになりたいと思うの」

「ここはどこの国の料理でもない、スパイス料理店だもん。私たちも、いろいろやって楽しんじゃおうよ。そうすれば、絶対にお客さんにも楽しんでもらえる」

「みのりがそう言ってくれて、よかった！」

「反対してもどうせやるつもりだったんでしょ。だって、鍋も注文しているし」

ゆたかはゴメンと手を合わせる。

「じゃあ、次はタジン料理に決定ね！　目標は、お客さんが今日は何を食べようってワクワクしながら来てくれるお店！　タジンなんて、形からして魔法の壺みたいだし」

上機嫌に鍋を持ってクルクルと回った姉に、みのりは苦笑した。

「いいよ。何でもやろう。だって、私たちの店だもん。うるさい上司も、嫌な取引先もないもん。絶対に繁盛店にするんだからね！　ただし、新しいものを買う時は、私に相談してよ。コスト管理をするのは私なんだから」

「ゴメンゴメン。でも、みのりの言う通りだよね。私たちが楽しんでいるってことがいちばん。だって、店が順調っていうことなんだもの」

「……そうだね」

少しでも間違えれば、たちまち順調ではなくなる。どんなに笑っていても、ちょっとのことで簡単に笑えなくなる。それを、みのりもゆたかも経験上、もう十分に知っている。

段ボールを片付けたゆたかは、厨房で二人分のチャイを淹れてくると、テーブルの上に料理雑誌を広げた。モロッコ料理やトルコ料理の本、地中海を取り巻く国々の紀行本もある。

「温かい蒸し料理は、これからの季節にぴったりよね。お肉と野菜、二種類で行こうと思っているの」

すでに頭の中にイメージはできている様子だったが、資料を眺めて、さらに膨らませようとしているようだ。

二人の趣味は「美味しい食べ物」である。店の定休日はもっぱら食べ歩きに費やしていて、そこから得るアイディアも少なくない。しかし、みのりの見る限り、姉の発想は外食よりも書物から得るものがはるかに多いようだ。

定休日は週に一度。いくら仕事のためとはいえ、そうそう外食をしていては、疲れは取れないしお財布も心もとない。とはいえ書物を読むだけでは、味はおろか、香りも温度も伝わらない。どこまで料理を理解できるのかと、みのりは自分が料理雑誌に関わっていたにもかかわらず、姉に訊(たず)ねたことがある。

ゆたかは胸を張って「想像力！」と答えた。もっとも、料理人である姉は、材料を見れば、味も調理法もある程度見当がつくらしいのだが、これには驚かされた。それ以来、みのりは姉のことをひそかに「妄想料理人」と呼んでいる。

一週間が経った。

『スパイス・ボックス』の夜の営業は午後五時半からである。

たいてい最初のお客さんが入ってくるのは六時近くになってからで、それからポツポツと入り始め、七時近くにようやく満席となる。そこからは、もう大忙しだ。

この日は珍しく夜の営業開始とほぼ同時に引き戸が開いた。

入ってきた人物を見て、みのりは思わず声を上げた。

「さ、鮫島(さめじま)先生！」

「お久しぶり、みのりさん」

上ずったみのりの声に、何事かとゆたかも厨房から首を伸ばした。もっとも、狭い店なのでカウンターから店内を見渡すことができる。

「あなたがゆたかさん？　初めまして。鮫島周子と申します」

みのりが紹介するよりも先に、女性客がゆたかに向かって嫣然と微笑みかけた。

ゆたかは女性客を見て口をぱくぱくさせている。

鮫島周子。日本文学界の大御所である。数々の文学賞を受賞していて、映像化された作品も多く、かつてはどこの家庭にも必ず一冊は彼女の本があるとまで言われた。その発行部数たるや、みのりには想像もつかない。海外でもその名は知られ、旺盛な知識欲と行動力で、旅エッセイ、食エッセイ、婦人誌でも引く手あまたである。おまけに、還暦を過ぎても衰えない美貌で、まさに天が彼女に二物を与えたとしか言いようがない。

周子は豊かなグレイヘアを一糸乱れず結い上げ、黒いローブのようなロングワンピースに身を包んでいる。けっして着飾っているわけではないのに、圧倒的な存在感がある。さすが大御所と、みのりは息を呑んだ。

「いつまで経っても招待してくれないんだもの。勝手に来ちゃったわよ」

周子はいたずらっぽい口調で言う。茫然と立ち尽くしていたみのりは、慌てて周子を店内へと導いた。確かに、周子の住まいはここからそう遠くない。

「先生、申し訳ありません。オープンのゴタゴタが落ち着いてから、お招きしようと思っていたんです」

みのりは店内を興味深そうに見回す周子に頭を下げたが、言い訳としか思われないだろう。

「ゴタゴタが落ち着かなかったってことは、ずっと忙しかったってことでしょう？　結構じゃないの」

気分を害した様子はなく、周子は腕を組んでひとしきり店内を眺め、大きく頷（うなず）いた。

「まさか、こんな日本家屋とは思わなかったわ。建物に人々の生活が刻み込まれている。温（ぬく）もりを感じるのはそのせいね。でも、もうすっかり香辛料の香りもなじんでいるわ。とても面白いわね」

周子は、みのりがいた厨書房の料理雑誌、『最新厨房通信』でエッセイを連載している。タイトルは「路地の名店」。周子自身が日本各地の路地に佇（たたず）む飲食店を訪れ、店主とのやりとりや料理、旅の思い出などを綴（つづ）るという人気コーナーだ。

訪れる飲食店はジャンルを問わず、老舗の名店から立ち飲み屋、喫茶店からホットドッグのスタンドまでと幅広い。とにかく、表通りから外れた路地にあればＯＫというわけで、店のチョイスも編集部が探し出したものから、読者から寄せられた情報まで何でもありだ。大御所作家が一般の客と触れ合いながら盃（さかずき）を傾け、名物に箸（はし）を伸ばす。普段は見ることができない、くだけた姿に触れられるというのも人気の理由だ。おかげで連載は十年以上も続き、今ではエッセイをまとめた単行本もシリーズ化され、すっかり厨書房の売れ筋となっている。

みのりは厨書房を退職するまでこのエッセイを担当していた。もともと周子の大ファンだったこともあり、先輩社員から担当を引き継いだ時には飛び上がるほど喜んだ。緊張もひとしおだったが、いざ打ち合わせで顔を合わせた鮫島周子は、おおらかな性格で、大いにほっとしたのだった。それ以来、付き合いは八年近くにもなる。

周子は親子ほどに年の離れたみのりをたいそう気に入り、そのうちにプライベートでも誘ってくれるようになった。みのりは進んで誘いに応じ、時には家族や恋人のことまで事細かに話した。周子の小説の、ネタのひとつにでもなればと思ったのだ。周子が自分に興味を持つのも、若い世代を理解したいからに違いないと割り切っていた。

堀田不動産からこの古民家を紹介された時も、周子の住まいが神楽坂だということを意識しなかったわけではない。出版社を辞め、周子との仕事上の付き合いはなくなってしまったが、すぐ近くで働くことができる。うまくいけば、足を運んでもらえるかもしれない。大御所作家が通う店なんて、考えただけでうっとりしてしまう。

「どこに座ればいいかしら」

みのりは我に返った。周子の訪れに浮かれ、頭がぼうっとしてしまっていた。

開店直後の店内に、まだほかの客はいない。しかし、何せ周子は目立つ。圧倒的な存在感は、彼女を知らない人からも間違いなく注目の的となるだろう。

「こちらはいかがですか」

みのりは店の奥を示した。衝立(ついたて)で仕切られた座敷を示すと、周子は目を輝かせた。

「あら、面白いわね」

もともとこの店に座敷はなく、カフェにしては広めの厨房と、土間がそのまま続く客席スペースのみだった。しかし、かつては納戸を改造したストックスペースだったのか、薄い板壁で仕切られた畳二畳程度の空間があった。改装にあたり、姉妹は壁を取り払い、一段高くして畳を敷いた。こうしておけば、子連れ客には喜ばれるだろうし、自分たちの休憩にも使える。あくまでも和風の空間ではあるが、難燃素材を使ったオーガンジー風の布を巡らせ、唯一エキゾチックな装飾を施したのである。

もっとも、今のところは衝立で隠したまま、一度も活用したことはない。

周子は興味津々の様子で、さっさと赤いパンプスを脱いで上がり込んでいる。靴を揃(そろ)えながら、みのりは首をかしげた。以前は必ず高いヒールのある靴を履いていたのに、今夜はフラットである。家の近所ということで、気を抜いているのかもしれない。

周子は座卓に両腕を載せると、ランプ型のライトが照らす天井を見上げたり、エキゾチックな刺繍(ししゅう)が施されたクッションを抱きしめたりと、相変わらず、旺盛な好奇心を発揮している。

「素敵な席だけれど、一人では寂しいわ。あそこ、いいかしら」

周子が示したのは、カウンター席だった。そういえば、「路地の名店」でも周子は必ず店のスタッフと会話のできるカウンターに座る。

「先生がよろしいのなら……」

「私、好きなのよ。料理人の仕事を眺めたり、後ろのお客さんの会話を聞いたりね。それに、ほかのテーブルに運ばれる料理を全部見ることができるじゃない」

みのりはカウンターの椅子を引いて周子を座らせ、温かいおしぼりを差し出した。

周子はとうに還暦を過ぎ、七十に手も届くほどのはずだが、姿勢もよく、すらりとした体形を維持している。

食に関わる仕事を次々に引き受け、そのつどしっかり食べていながら、まったく体形を気にせずに済むなんて羨ましい限りだと、かつてみのりは、酔いに任せてぼやいたことがあった。みのりよりもはるかに多くの盃を干しながら、周子は「家系的にそういう体質なのよ」と、素面とまったく変わらない顔色で笑った。

すでに鬼籍に入っている祖父母や両親、周子のマンションに近い生家で隠居生活をしている兄も同じような体形だという。その上、時間を作ってはジムにも通っているそうだから、自己管理も徹底しているに違いない。

和史と別れてからはさほど気にしなくなったが、みのりの悩みの種は、常に変動する体重だった。出版社にいた頃(ころ)は、夜中まで付き合いで飲んだり、スケジュールに追われて生活が不規則になったあげく、ストレスで暴食したりと、気づけば体重は容赦なく増え、チャレンジしたダイエットは数知れない。

ありがたいことに、今はゆたかが作ってくれるバランスのよい賄いとスパイスの効果か、すこぶる体調がよくなった。もっとも、売上の心配を除けば、姉と二人で店をやるというストレスのない生活が一番の理由かもしれない。しかし、少しでも気を抜けば、体重はまたいとも簡単に増加するだろう。

ふと、カウンターの周子の横顔を見て「あれっ」と思った。

久しぶりに会ったせいか、頬から顎(あご)のあたりがこれまで以上にシャープになった気がする。それに、以前は細身のパンツにヒールを合わせるのがお気に入りだったが、今日は体形の分かりづらいロングワンピースだ。下手をしたら膨張して見える服装なのに、余った生地がすとんと椅子から床に落ち、むしろよけいに体の薄さを強調している。しばらく会わないうちに病的なまでに痩(や)せてしまった気がして、みのりは急に心配になった。不安定なヒールを避けたのも、足元が心もとないからかもしれない。

いつにも増して仕事が立て込んでいるのだろうか。ついまじまじと顔を見つめ、コンシーラーでは隠しきれない目の下の陰りにまで気づいてしまう。

「先生、今日は気分転換ですか」

みのりはメニューを差し出しながら訊ねた。「せっかくいらしてくださったんですから、元気が出るお料理を、たくさん召し上がってください」

周子はちょっと首をかしげて、長い指を顎に当てた。右の中指の先にわずかなインクの汚れを見つけ、やっぱり忙しいんだろうとみのりは納得する。

視線に気づいた周子は、指先の汚れを見て、照れ笑いを浮かべた。

「いやね、近所だと思うと気が抜けちゃって。ちょうどひとつ仕事を片付けたの。それで、お腹空いたなぁって、みのりさんのお店のことを思い出したのよ」

「ありがとうございます」

「オープン前に手紙をくれたでしょう？　スパイス料理だと聞いて、何の疑問もなくインド料理だと思ったのよ。厨書房の時の伝手で、現地のコックさんでも見つけてきたのかなぁって。日本人がオーナーのそういうお店も増えているでしょう？　私、インド料理が大好きなのよ。近所にできるって思ったら嬉しくてね。でも、手紙をよく読んだら、シェフはお姉さんだっていうでしょう？　いったい、どういうお料理を食べさせてくれるのかなって、楽しみで仕方なかったの」

「インド料理、お好きなんですか？」

ゆたかが目を輝かせた。

「ええ。私ね、四十代の時にイギリスに留学したことがあったの。映画や脚本の勉強がしたくてね。ありがたいことに、若いうちに賞をもらっちゃって、あれよあれよという間に息つく暇もなく四十歳。何だか疲れちゃったのよね。ほかのことに打ち込んでみたくて、思い切ってお仕事を休んで、猛勉強したのよ。でも、いい経験になったわ。それまでも取材旅行でいろんな場所に行かせてもらったけど、『書くために行かせてもらっているんだ』って常に思っていたから、なんだか肩が凝ってね」

みのりも周子の経歴はよく知っている。エッセイを担当するようになり、どんな時でも全力で仕事に打ち込む姿にも驚嘆した。だからこそ各出版社からの信頼も篤いのだろうが、誠実さゆえにいつも自分を追い込み、とても気を緩める暇などないのではないかと、時々心配にもなった。

「でも、先生。イギリスで、インド料理なんですか……？」

ふと疑問に思ったみのりに、周子は頷いた。

「イギリスにはインド料理店が多いのよ」

「えっ」

「インドは、かつてイギリスの植民地だったでしょう。今もイギリスには、かつての移民やその子孫が多いからなんでしょうね。特に私が暮らしたロンドンには、インド料理店が多かったわ。何を食べようかと迷ったら、いつもインド料理」

周子は微笑み、懐かしそうに目を細めた。

「じゃあ、今夜はインド料理にしますか？　専門店ではないので、タンドールはありませんから、タンドリーチキンといってもオーブンで焼いていますし、ナンの代わりに、フライパンで焼くロティなのですが。カレーは、チキンとマトン、ホウレンソウのベースや、お肉がお嫌なら豆のカレーも用意できます。メニューにはありませんけど、野菜がお好みなら、サブジもご用意できますよ」

目を輝かせるゆたかに、周子はふふっと笑った。

「もともとインドの家庭にタンドールはないわ。ロティで十分。それに、あの特徴的な大きくてふわふわのナンは、どうやら日本に入ってきたインド料理店が、日本人の好みに合わせて工夫したみたいよ」

みのりは周子の言葉に目を見張った。確かに、日本人はパンの中でもふわふわとやわらかいものを好む。それに、ロティに限らず、簡単に焼けるピタパンのようなパンは世界各地で見かける。あれが、きっと小麦を主食とする国の家庭の味なのだろう。

「う～ん、でも、そうね」

インド料理に心を動かしかけた周子だったが、ふと視線を上げて、厨房の入口近くの棚に目を留めた。

「あら、タジン鍋」

棚には、タジン鍋が飾られていた。ゆたかが、客との会話のきっかけになればと置いたものだ。形状からしてインテリアにもなるし、テラコッタ色の鍋は、白っぽい漆喰の壁にもよく調和している。

「つい最近、メニューに加えたばかりなんです。寒くなってきたので、熱々のお料理もいいなって」

「イギリス留学中、モロッコにも行ったわ。あの期間が一番のびのびと過ごせた気がするわね。サハラ砂漠がどうしても見てみたかったの。旧市街の迷路みたいな街もとても素晴らしかったわ」

　周子はタジン鍋を見つめる目を細めた。

「ねぇ、じゃあ、今日は、タジン料理をいただくわ。何ができるの？」

「用意しているのは、牛肉をお団子にしたケフタのタジンと、ラムと野菜のタジンです」

「ラムと野菜、いいわねぇ、クスクスと一緒に食べたいわ。ある？」

「はい。スープがひたひたのクスクス、美味しいですよね」

「そうそう。私、クスクスやポレンタが大好きなのよ。日本では、付け合わせみたいな扱いでしょう？　いつも物足りなく感じていたわ」

　クスクスとは、ポロポロとした粒状の食物で、一見するとそれ自体が何かの穀物のようであるが、実際はデュラム小麦粉で作られたショートパスタである。発祥はモロッコなどの北アフリカと言われ、今ではヨーロッパでも広く食べられる。

　また、ポレンタは、トウモロコシの粉をおかゆのように煮た北イタリアの料理である。ゆたかもホテルのイタリアンレストランで働いていた時、肉料理の付け合わせとして使ったことがある。きっと、発想としては日本のそばがきと同じようなものだ。土地は違っても、食べることは人類共通。世界には似たようなものがたくさんある。

　周子の顔を見つめたゆたかは、にっこりと笑った。

「周子先生、今夜のお料理は任せていただいてもよろしいですか？　何か苦手なものはございますか」

　周子は瞳（ひとみ）を輝かせた。

「嫌いなものは、締め切りと、気の利かない男よ」

「まったく同感です」

　ゆたかとみのりは吹き出した。

2

　午後六時になると、二人連れが二組、ほとんど同時に来店したが、周子に気づいた様子もなく、それぞれ連れと談笑しながらメニューを覗（のぞ）き込んでいる。インドカレーの注文が入るのを聞いて、周子は楽しそうに口元をほころばせた。

鮫島周子は赤ワインのグラスを手に、店のざわめきに耳を傾けていた。人の気配と話し声、厨房から上がる湯気と香り、食器が立てる物音。ＢＧＭはないが、静かすぎるよりも、こういう人の気配が心地よい。

しかし、心の中は研ぎ澄まされていて、テーブル席の客の会話や、行き来するみのりの動きを、全身の感覚を使ってしっかりと観察している。

いつからかぼんやりすることができなくなってしまった。ひとつひとつを、物語のシーンのように頭に刻み付けようとしている。これまで、そうやって多くの作品を生み出してきたともいえる。いつからこうなってしまったのだろう。あれもこれもやらなくてはと、気持ちばかりが急き立てられる。

周子は小さく息をついた。ふと思い出し、右手の中指についたインクの汚れを、左の親指の腹で強くこすった。濃いブラウンのマニキュアも、そろそろ塗り直したほうがよさそうだ。

気持ちは張りつめていても、身近なことがおろそかになっている。おろそかというよりも、気にしなくなった。時々、こうしてはっと気づき、しまったと思うのだ。それが、年をとったということなのだろうか。仕事も、身だしなみも、けっして手を抜かずにいようと思っているはずなのに。

やっぱり疲れているのだろうか。

疲れている？　何に？

ふと、考える。コンスタントにエッセイやコラムの仕事は入ってくるし、期限を破ることなくきちんと終わらせている。仕事相手に迷惑をかけることは、絶対にしたくない。その思いは若い頃から今もずっと変わらない。

作品の解説文を依頼され、雑誌の取材や、時にはテレビへの出演依頼もある。忙しいことに変わりはないけれど、なぜか大きな達成感を得られていない。

その理由も分かっている。自分の作品を書いていないからだ。

作家なのにここ数年、長編をひとつも書き上げていない。それが心の底で焦りとなっている。これだけ忙しいのに、まったく満たされた思いがしないのはそのせいだ。

「どうぞ、お待たせいたしました」

やわらかい声がして、目の前に皿が置かれた。みのりは後ろのテーブルに注文を取りに行っていて、目の前で微笑んでいるのは姉のゆたかだった。

ゆたかの話は、みのりからよく聞いていた。実家に近い房総半島のリゾートホテルでシェフをしていたはずだ。しかし、夫に先立たれ、一時期はふさぎ込んで大変だったという。ならば、今は立ち直ったということか。小説に例えるなら、今の彼女は人生の第二章を歩んでいるということになるのかもしれない。小説には終わりがあるが、実際の人生は死ぬまで続いていく。ここならキリがいいと終えることもできなければ、ラストシーンだからと盛り上がることもない。人によっては、実に坦々と生き、坦々と死んでいく。そもそも、劇的な人生など、そうそうないのかもしれない。そう思うたび、必死に波乱万丈な人生を送る主人公を生み出そうとすることに虚しさを覚える。

「タジンは蒸しあがるまでお時間をいただくので、先にこちらをどうぞ。ワインのおつまみにもなると思います」

白い皿には淡い色のチコリがのっていて、三種類のペーストが添えられていた。

様々な料理を食べてきた周子には、一目見ただけですぐに分かった。淡いクリーム色は、ひよこ豆とゴマのペーストのフムス、隣の少しくすんだ色合いのものは、焼いたナスを滑らかに裏ごししたもの、もうひとつの赤いソース状のものは、パプリカやニンニクを使った辛めのペーストだ。砕いたクルミが入っているのは、ゆたかのアイディアか。バゲットにのせればイタリアのブルスケッタのようだが、あえてチコリを添えているのがヘルシーで理想的だ。

「タジンだけではなく、中東あたりの料理もやっているってこと？」

「せっかくですから、挑戦してみたんです。厳密には、それっぽい料理なんですけど。でも、残念ながら、お客さんにはあまり興味をもっていただけないみたいです。タジン鍋はちょこちょこ注文が入りますが、こういう前菜はさっぱりです」

「う～ん、あまりメジャーな料理じゃないからね。でも、このフムスなんて、ゴマの風味が生きているし、ナスのペーストもヨーグルトが入っているのかしら。クリーミーで、すっごく美味しい。焼いたナスって、それだけでとろけるようじゃない？　それをペーストにするなんて、実際にはすごく手間がかかっている料理よね」

周子の言葉に、ゆたかは目を潤ませた。

「さすが『路地の名店』の周子先生！　そうなんです。こういう美味しさ、どうしたら伝わるんでしょう」

「例えばよ、夜のお客さんに少しずつ、味見をしてもらうなんてどう？　飲み屋さんの突き出しみたいに、強制的に。もちろんサービスよ。そしたら、『おっ』って思うんじゃないかしら。いつも食べている、カレーやタイ料理以外にも、美味しいものがあるんだって」

「なるほど！　確かにそうですね。さっそくみのりと相談します」

立て続けに来店があり、チラリと振り返ると、テーブル席は満席になっていた。なかなか盛況じゃないかと、周子はひっそりと微笑んだ。

厨書房は、飲食業界向けの専門誌も多く出版している。みのりは開業するにあたり、事業を継続していくのがどれだけ大変か十分に研究したに違いない。

もちろん、当時の伝手やコネを十分に利用したとは思うが、せっかく一大決心をしたのだから、成功してほしいと思う。そのために、この姉妹よりも少し長く生きている自分が、できる限りアドバイスや協力をしてあげたい。

　チコリを全部食べ終えるタイミングで、みのりが湯気を上げるスープボウルを運んできた。カウンターに置きながら、困った顔で言う。

「先生、タジン鍋までもう少しお待ちください。ウチのコックは、ほかのテーブルの料理に手間取っているみたいです。それに、せっかく来てくださったんだから、もっとお話したいんですけど、今夜に限って忙しくて。いつもなら、この時間はまだガラガラなんですけど……」

「気にしないで。私も客の一人だもの。今が大事な時。飲食店は最初の三年が肝心よ。その三年で、七十パーセントが廃業するとも言われている。とにかく、三年は歯を食いしばりなさい。その間に、見えてくるものが必ずあるはずよ。だから、来てくださるお客様を大切にしなくちゃだめ。絶対にまた来てもらえるようなお店にしなさい」

「はいっ」

　みのりは大きく頷くと、ゆたかが仕上げた料理をテーブル席に運んでいく。いくら小さな店とはいえ、二人で切り盛りしているのだ。料理だけでなく、人数分のドリンクオーダーが入ればそれだけでも大変である。

　くるくると動き回るみのりを見て、これまで出版社という畑違いの職場にいたのに、よくやっているなと周子は感心した。

いや、あの頃からみのりはいつも全力で走り回っていた。だから気に入ったのだ。なぜなら、自分に似ているから。あんなふうに精一杯走り回ったら、さぞ気持ちがいいだろう。

周子は何度目かの小さなため息を漏らし、やわらかな湯気を上げるスープボウルに目を落とした。

穏やかな香りがする。レンズ豆と野菜のスープだ。野菜本来の優しいうま味が生きている。基本は塩味だが、クミンや黒胡椒といったスパイスや、セロリやパセリのハーブ野菜の風味も生きていて、なんとも奥深い。ゆっくりと、大事に飲みたいスープだと思った。

「ハリラスープのアレンジです。本当はお肉が入ったり、豆もひよこ豆だったりするんですけど、次はタジン料理ですから、優しいスープにしました」

「美味しいわ。体の隅々まで行きわたる気がする」

「よかったです」

ゆたかがにっこり笑った。

周子はもうひと匙スープをすくい、ゆっくりと味わった。

美味しい。

本当に体にしみ込むようなスープだった。

ほうっと息をもらす。熱いものを体に入れたせいか、わずかに白い湯気がたった。

これまで、たくさんの物を書いてきたなと思う。

ひとつ終えても、次から次に仕事が舞い込んできて、息つく暇もなかった。もちろん、それぞれの仕事に手を抜いたつもりはないけれど、もっとゆっくり時間をかけて磨き上げたいと思ったことも一度や二度ではない。

読み返すたび、手を加えたくなる。そうすることで文章は磨かれ、研ぎ澄まされていく。その快感を知っているのに、十分に時間をかけることは許されなかった。

きっと、そのために締め切りがあるのだ。納得するまでと言われたら、いつまで経っても完成することはない。どこかでこれで完成だと、自分を納得させるしかない。なぜなら、次の仕事があるのだから。

世間ではプロと呼ばれるようになったまだ年若い頃から、周子はずっと葛藤(かっとう)してきた。自分は本当に納得したものを書けているのか。賞をもらい、映像化され、本も売れているのだから、世間に評価されていることは間違いない。けれど、心の底にはいつも不安が付きまとっていた。世の中に、書かされているに過ぎないのではないかと。

名が売れるに従い、作品を生み出すよりも、ほかの仕事がずっと増えた。文学賞の選考委員や、評論や、講演会。もちろん、これまでと違った世界と関わることは面白かったが、そういう仕事に追われているうちに、いつしか、小説の書き方が分からなくなった。

かつては、ポンポンとアイディアが浮かび、書くことが楽しくて仕方がなかったというのに、今ではその感覚が取り戻せない。

いや、正確には少し違う。アイディアだけなら浮かんでくる。でもそれだけだった。まったく膨らんでいかない。以前はたったひとつのアイディアがどんどん膨れ上がって、大きな物語を作り出すことができた。それはまるで、頼りない源流がいくつもの支流と合わさって、やがて大河となることにも似ていた。

集中しようとすればするほど焦りが募り、連載するコラムやエッセイの締め切りに分断される。もう長編小説など書けないのかもしれない。十分に仕事はしているのに、満たされないのはその不安があるからだ。

もうすぐ七十歳になる。書くものは、すべて書いたということだろうか。

でも、と、心の奥で否定する。

まだ書きたいのだ。最後に一本書き上げたい。いや、できることなら、一本と言わず、そのあとも。これは欲張りな願いなのだろうか。

ふと視線を感じて振り向くと、テーブル席の若い男女が、カウンター席の周子をチラチラと眺めていた。もしかして、鮫島周子だと気づいたのだろうか。

しかし、彼らが気になっていたのは、どうやら周子のスープのようだ。みのりを呼び止めて注文する声が聞こえ、ふっと笑いがこみ上げた。若い世代には、もう知られていないのかもしれない。

スープを飲み干し、周子はカウンターに頬杖(ほおづえ)をついた。

最初に来店した男性二人組が帰っていく。

客を見送り、戸口から戻ってきたみのりを捕まえて訊ねた。

「ねぇ、今帰ったお客さん、何を食べたの？」

「キーマカレーとライス、もう一人はトムヤンクンでした。会社がお近くみたいで、たまにランチにも来てくれます。今夜は、残業だそうで」

「そういうお客さん、大事にしなさい」

「もちろんです。だって、気に入ってもらえたら、いずれ宴会の予約が入るかもしれませんもん」

「そうそう。分かっているじゃない」

「でも、正直なところ、今は夜でもランチタイムの延長みたいな感じです。本当は、お酒を飲みながら色々なお料理を召し上がっていただきたいんですけどね」

「そうねぇ。さっきもお姉さんと話していたんだけど、まだこのお店の面白さに気づいてもらえていないのね」

みのりは曖昧に頷いた。

「姉とお店を始めて、私、ちょっと気づいたことがあるんです。今までたくさんの飲食店で食事をしたり、取材をしたりしてきましたけど、考え方が変わったというか……」

「どういうこと？」

周子は興味をそそられ、みのりの顔を覗き込んだ。ゆたかは厨房の奥のガス台で一生懸命に料理を仕上げている。

「これまでは、美味しい料理と居心地のいい空間、それが、お客さんが飲食店に求めるものだと思っていました。店は、最大限の努力でそれを用意するのだと」

「違うの？」

「違わないんですけど、料理人にも、料理と一緒にお客さんに受け取ってもらいたい思いみたいなのがあるんです。姉はスパイスやハーブを使った料理を、ただ作りたいわけじゃない。その美味しさを、日本のお客さんにも伝えていきたいんです」

「日本ではまださほどなじみがないものね。そもそも、スパイスは辛いっていう印象があるから避ける人もいる。あっ、だから、モロッコ、つまりタジン料理なの？」

「姉の考えるスパイスは、刺激を与えるものではありません。料理を味わい深くして、じんわりと優しく作用する、体をいたわる料理に必要なものだそうです。私にはまだよく分からなくて、美味しければいいんじゃないかって思うんですけど」

「だからこそ、美味しくなるのよ。お客さんのことを思う、愛情のこもった料理だわ。きっとお姉さんには、そういう料理を作るに至るストーリーがあるのね」

周子の言葉に、みのりは厨房に目をやった。ゆたかはダボダボのコックコートの袖をめくりあげ、細い腕で力強く鍋を振っている。

周子は、みのりから聞かされたゆたかの話を思い出していた。誰かを愛し、幸せな時を過ごし、いずれ別れがくる。味わった喜びや悲しみが、人の人生に深みを持たせる。ならば、その人の創り出す料理もまた同じことだろう。もちろん、他人が簡単に推し量れることではない。しかし、周子よりもよほど近くでゆたかを見てきたみのりは、こっくりと頷いた。

「……そうですね、きっとストーリーです」

「あなたにも、もちろんあるわよね」

考え込んだみのりを優しく見つめ、周子は続けた。

「私は厨書房のあなたを知っているわ。必死に走り回っていた。私にもずいぶん色々な話を聞かせてくれたわね。仕事のこと、家族のこと、恋人のこと。いつも真剣に悩み、全力で取り組んでいた。私には、パワー溢れる若いあなたがいつも眩しかったわ。その結果が、今のあなたなのよ」

みのりは茫然と周子を見つめた。

「自分を振った男を、見返してやりたいって言っていたわよね。それが、この店を開くきっかけとなった。でも、今はすっかり新しい場所で輝いているように見えるわ。お姉さんと一緒に」

みのりは大きく頷いた。

「男運がない姉妹、力を合わせて、未来を切り開いていくしかありません」

やっぱりみのりは輝いている。新しいことをやる勇気がある。それを羨む自分を、周子は少しだけ情けなく感じた。でも、応援しようという気持ちは変わらない。きっと、それが今の自分の役割なのだ。若い者に頼られ、アドバイスをする。悪い気はしない。

「でも、先生。その人にとっての過去って、けっきょく全部ストーリーじゃないですか」

ふと、気づいたようにみのりが言った。

周子はゆたかの後ろ姿をカウンター越しに眺めながら、ちょっと考えた。

「そうね、生まれてから死ぬまで。まるで大河ドラマよ。他人には坦々としているように思えても、その人にとっては、きっとそれなりの激動の人生なのよね。べつに大きな事件なんて起きなくても、私たちは、いつだって悩んだり、喜んだり、感情の起伏を感じているんだもの。誰かと出会って結ばれ、家族が増えたり、見送ったり。それだけで、その人にとっては十分劇的なことよね」

そうだった。そういう作品を、これまでも自分はいくつも書いてきたのだった。べつに、地球を救うようなヒーローを描こうとしていたわけではない。

周子は目が覚めた思いがした。

その時、ようやくゆたかがタジン鍋を運んできた。

周子の前に鍋を置くと、そのままパカリととんがった蓋を持ち上げる。そのとたん、先ほどのスープとは比較にならないほど深い香りの湯気が立ち上った。

「クスクスはスープが染みていたほうが美味しいので、一度蒸したラムと野菜、うま味がたっぷり溶けだしたスープを思いっきりかけて、もう一度、軽く火にかけました」

あまりに濃厚な香りに、周子は思わず呻いた。

「さっきのスープも美味しかったけれど、これはまたすごいわね」

「はい。水分はほとんどが野菜から出たものですから、うま味も格別です」

周子は取り皿にスプーンでクスクスをすくい、フォークとナイフで、大きくカットされたズッキーニや人参をより分けた。野菜に埋もれていたラム肉は、食べやすいサイズにカットされている。

「カトラリーの籠にはお箸も入っています。本当は野菜も小さくカットすればいいんでしょうけど、現地に倣って大きくしました。やわらかくなるまで蒸してあるので、お箸でも簡単に切り分けられます。お肉は、はじめから食べやすい大きさにしてあります」

きっと、ナイフやフォークに不慣れな客にも配慮したのだろう。神楽坂は、住人も観光客も、中年以上が目立つ。周子自身、洋食も食べ慣れているが、やはり箸がいちばんしっくりくる。小皿に食べる分を取り分けたあとは、フォークとナイフから箸に持ち替えた。

ズッキーニに箸を入れる。何の抵抗もなく、すっと通った。しっかりと熱が入り、皮の内側は半透明のジュレのようだ。口に入れると、やわらかくほどけた。素朴な味なのに、なんて奥深く複雑な味わい。塩と、肉と野菜のうま味。それから、折り重なるように複雑なスパイスとハーブの風味がほとばしった。

「優しいのに、奥深い味わい。何だか、迷路に迷い込んだみたい」

「私もスパイスを組み合わせる時、いつもそう思います。まさに、モロッコの旧市街ですよね」

「ああ、そうね」

周子は笑った。一度だけ訪れたモロッコの旧市街は、確かに迷路のようだった。迷ったら出られなくなりそうな小路が延々と続く。ちょっと、神楽坂の路地にも似ている。怖いけれど、この先に何があるのか知りたくて、どこまでも突き進んでしまいたくなる。

スープの染みたクスクスを頰張り、やわらかく口の中でほどけるラム肉を嚙みしめた。ワインを飲み、次は野菜を一種類ずつ口に運ぶ。甘い。大きな人参も、ジャガイモも、さやいんげんも、ごろっとしたグリーンオリーブも。

全身が温まり、額に汗が浮かんだ。恥ずかしくなって、そっとおしぼりで押さえる。

「よかった。顔色がよくなりました。お店にいらした時、お疲れのご様子だったので」

ゆたかが言い、みのりも周子の顔を覗き込んだ。

「もしかして、先生も今、迷路の中なんじゃないですか?」

「えっ」

「いつもとちょっと表情が違いました。もちろん、ご活躍されているのは存じていますから、お疲れがたまっているのではないですか。さっき、話をしていて、思ったんです。忙しすぎて、ちょっと苦しいんじゃないかなって」

「……どうして、そう思うの？」

「先生は、すべてに全力に取り組んでいらっしゃいます。もちろん、それがプロでしょうし、当たり前のことなのかもしれません。でも、一緒にお仕事をさせていただいている時、先生の全力は身を削っているような気がしたんです。飲食関係のお仕事も多いですけど、ちゃんとご自宅でお食事されていますか？」

周子は独身である。一度も結婚をせずにここまできた。後悔はないけれど、そのぶん生活は仕事のスケジュールに優先される。

「先生、ずっと前に話してくださったじゃないですか。いつか、これまで以上に壮大なお話を書くつもりなのって。さっき先生は、人の一生は生まれてから死ぬまで、まるで大河ドラマだっておっしゃいましたよね。私、思い出したんです。前にもそんなことを聞いたなって。歴史に名を遺(のこ)すような人の一生だけが物語になるのではない、懸命に日々生きる私たちの人生も、十分に大河ドラマだって。そのお話、早く読みたいです。忙しすぎて、あんなに楽しそうに語ってくださったことが、迷路に迷い込んだままなのかなって思ったら、ちょっと残念です」

一息に語ると、みのりははっとしたように勢いよく頭を下げた。「ごめんなさい、私、とっても失礼なことを言っています……」

「迷路、迷路かぁ。うまいこと言うわね」

周子は苦笑した。その通りだったからだ。

モロッコの旧市街を訪れた時、迷路のような街が楽しくて仕方がなかった。

しかし、いつしか迷うことはそのまま焦りとなった。焦れば焦るほど、奥深くに入り込み、行き止まって途方に暮れる。その先には明るい空など広がっていない。

「きっと、先生は人間を愛しているんですよね。だから、あんなにたくさんの作品を生み出すことができたんです。それに、私たちのお店にもアドバイスを下さいました。ずっとお客さんを観察していたでしょう？　人間に興味津々なんです。だからこそ、一人一人の大河ドラマなんて言葉を口にすることができるんです」

「どうなのかしら」

店内を観察していたことに気づいていたとは、みのりこそたいした観察眼である。

しかし、接客業とはそういうものかもしれない。客の表情を見て、満足しているか、不満はないかを推し量る。むしろ、そういうことができる店が、客に愛され、生き残る。この店は、きっと大丈夫だと周子は思った。

しばらく考え込んでいたゆたかが言った。

「先生なら、よくご存じだと思いますけど、今では世界中で当たり前のように使われるスパイスだって、かつては原産国である東南アジアやインドのものだったんです。でも、それが、ヨーロッパへ伝わった。大航海時代には高価なスパイスを巡って、ヨーロッパ各国が植民地支配で争いました。でも、それ以前にも、スパイスはきっと砂漠の道を辿(たど)って、ヨーロッパに運ばれていたんじゃないかと思うんです。ラクダに乗った隊商の荷物の中に、シルクと一緒に胡椒なんかも紛れていたんじゃないかなって。そういうのを空想するのが、私、楽しくて仕方がないんです。それに、エジプトのミイラの防腐剤として、クミンやシナモンが使われていたことも分かっているそうです。何種類もあるスパイスひとつずつにストーリーを見出(みいだ)したら、それこそ限りがありません。私はそれを料理にして、少しでも多くのお客さんに伝えていきたいんです。もちろん、こんな回りくどい話は必要ありません。臭みを消したり、体を温めたり、それぞれのスパイスには役割があります。それを、お客さんに実感してもらえたらなって、そう思うんです」

　はっと周子は目を見張った。

　確かに、彼女の料理ならそれも可能かもしれない。しかし、そうではなくて……。

　勢いよく入口の引き戸が開き、新しい客が入ってきた。威勢のいい声に、思わず周子も視線を奪われた。

「あっ、大将さん。いらっしゃい。そっか、今日は定休日でしたね」

「おう。カミさんはまた娘のところに行っているからな」

「たまには一緒に行けばいいじゃないですか」

「横浜なんて面倒よ。今日は何、食わしてくれるんだ」

「新作のタジン鍋なんてどうです？」

「何だそりゃ」

周子とそう年齢の変わらなそうな男性とみのりの、ぽんぽんとした掛け合いに思わず笑った。常連客らしい。

周子は目を閉じ、再び自分の思考に集中しようとした。

どうして自分はかってイギリスに留学したのか。そしてモロッコに行き、サハラ砂漠を見たいと思ったのか。それは、まだ見ぬ世界を知りたかったからだ。目の前の現実ではない、新しい世界に踏み出してみたかった。

何よりも砂漠は、子供の頃、大好きな絵本で漠然と憧(あこが)れていた場所でもあった。周子は『西遊記』が大好きだったのだ。玄奘三蔵(げんじょうさんぞう)が旅をしたのはタクラマカン砂漠だが、幼い頃に子供向けの絵本で見た砂漠に心を惹(ひ)かれ、想像力を膨らませた。作家としての原点は、そこにあったのかもしれない。

そこに、ゆたかの言葉が重なる。新たなイメージが浮かび上がる。

砂漠の隊商。

大航海時代。

アジア貿易を巡る、ヨーロッパ諸国のしのぎを削る戦い。

植民地化された地域の、悲惨な労働や生活。

ぎゅうぎゅうと、ひしめくような労働者たち。彼らを労働力としか見なかった、ヨーロッパの貴族。そのぎゅうぎゅうとひしめき合う何千もの人々の一人一人に、それぞれ帰る家があり、家族があり、人生がある。そんな輝きの、一粒一粒をもらしたくない。それぞれに、思いを馳せる作家でありたい。

これは、周子の残りの作家人生を掛けた、大河ドラマとなるかもしれない。

目を開くと同時に、カウンターに温かいお茶が置かれた。ミントの香りがした。

グラスのワインが残り少なくなっていることに気づき、淹れてくれたのだろう。

「騒々しくてすみません。あちら、二軒隣りの蕎麦屋の大将さんです」

「知っているわ。すっかりこの地域にもなじんでいるのね」

「いえ。最初はスパイスがにおうって怒鳴り込んできて、どうなることかと思いましたけど。でも、今ではちょくちょく来てくれています。ウチの料理を食べると調子がいいとおっしゃって。何でも、生涯現役でいたいそうなんです」

みのりは声を潜めて笑っている。

周子は思わず「生涯現役」と繰り返した。自分もそのつもりでやってきたはずだ。少し前の弱気が恥ずかしくなる。

「私、本当はね、冒険のお話が大好きだったの。今夜、何だか新しい冒険に出られそうな気がするわ」

周子は、いてもたってもいられなくなった。

今、これまでの知識だけでなく、新たな文献を紐解き、さらに久しぶりに想像力を最大限に発揮して、壮大な物語を書いてみたい。もちろん史実に基づく人間ドラマにするつもりだが、遠い昔の異国での出来事を書きたくてたまらない。

「私、そろそろお暇するわ。お会計していただけるかしら」

周子はミントティーを飲み干すと席を立った。

足元がふわふわとおぼつかない。ワインに酔ったわけではない。浮かれているのだ。

「先生、何だか、恋する乙女みたいな顔をしていますよ」

みのりに笑われ、思わず頬に手を当てる。確かにほてったように熱かった。

今すぐ原稿に向かいたくて興奮しているのだ。この熱が冷めないうちに、少しでも文字にして残しておきたい。

「……私、いつだって恋をしているわ。男でも女でも、自分の物語の人物に」

「さすが先生！」

みのりが指を鳴らした。

「ゆたかさん、ありがとう。元気とアイディアをもらったわ。ここのお料理は、私にとってパワーフードね」

ゆたかはやわらかく微笑んだ。

「お近くなんですから、気軽にいらっしゃってください。また、お疲れの時に」

「じゃあ、私をアドバイザーにしてほしいわ。お料理は、必ず私に味見させること。もちろん、アドバイザー契約なんてケチなことは言わないし、いただいたお料理のお代はしっかりお支払いします。つまりね、新作を真っ先に食べたいってことよ」

「本当ですか。ぜひ、お願いします」

みのりは飛び上がって喜び、ゆたかは恐縮している。

「あなたたちのスパイス愛にすっかりほだされたの。私も、久しぶりに愛情を込めた新しいお話を育みたくなったのよ。そのための栄養は、ここでしっかり摂取させていただくわ。参考にお話も聞かせてね。そのかわり、ばっちりお店も紹介させていただくから。まずは、厨書房さんね。『路地の名店』、ここは、まさにぴったりじゃない」

「周子先生～」

みのりは感極まった声を上げ、食事に没頭していた数組の客が顔を上げた。そのうちの何人かは、カウンターの客が鮫島周子だと気づいていた様子で、ひそひそと言葉を交わしている。周子はにっこりと微笑むと、店内のみのりとゆたかを振り返り、わざと大きな声を上げた。

「とても美味しかったわ！　ご馳走様！」

3

それから数日後、みのりのスマートフォンに、厨書房の後輩から着信があった。

『みのり先輩、お疲れ様です』

「茜ちゃん、お疲れ様。どうしたの？」

西島茜は、みのりのあとを継いで「路地の名店」のコーナーを担当している。『スパイス・ボックス』のプレオープンにも顔を出し、その後も何度も食事に来てくれた仲のいい後輩だった。

『実は、鮫島周子先生からお電話があって、今度は先輩のお店を取り上げたいって。大丈夫ですか？』

「本当？　大丈夫に決まっているじゃない」

『よかった。すでに十二月発売の新年特別号を押さえてあります。早いほうがいいんでしょうけど、来月号はもうとっくに取材も終えているので……』

「十分だよ。ありがとう、茜ちゃん」

周子が多忙なため、「路地の名店」の入稿はいつもギリギリだった。みのりは懐かしく思い出す。何よりも、周子がさっそく厨書房に連絡してくれたことに感激していた。

『でも、新規オープンのお店として、ちょっと話題になっているみたいですよ』

「え？　そうなの？」

そういえば、今日のランチもオープンと同時にお客さんが入ってきた。

『それも周子先生です。先生がご自分のＳＮＳで、先輩のお店を紹介したみたいです。おそらくその反響もあるだろうから、いずれエッセイで取り上げるのも当然の流れになるんじゃないかって。ほら、先輩が厨書房出身だって知っている人は知っているから、身内びいきだと思われるのも困るじゃないですか。でもそれも、文句なくおいしいのだから仕方がないって、ご自分でツッコミを入れてくださっています。先生には、本当に頭が下がる思いです』

「うん、先生に足を向けて寝られないよ……」

『ところで先輩、もしかして、こうなることを見越して、路地にある物件を選んだんですか？』

茜に言われ、みのりは苦笑する。周子のマンションに近いということは考えたが、狙って路地を選んだわけではない。もともと神楽坂には路地が多い、そういうことだ。

電話を終え、エッセイのことをゆたかに伝えると、やっぱり飛び上がって喜んだ。

ふと思い出し、みのりはスマートフォンで周子のSNSを開く。確かに、この店の名前と、いつの間に撮影したのか、タジン鍋の写真がアップされていた。あの夜は忙しかったから、周子が料理の写真を撮っていることにまったく気づかなかった。

「どうしよう、タジン鍋、もっと買ったほうがいいのかな」

「お姉ちゃん、どうせウチには、テーブルが六卓しかないよ。全部が同時にタジン鍋を注文するとは限らないから、とりあえず四個で様子を見よう。棚のディスプレイはなくなっちゃうかもしれないけど」

広告がわりに棚に置いたタジン鍋はもう必要ないだろう。周子のSNSはそれよりもずっと効果がある。店を知らない多くの人が見ているのだから。

「ねぇ、みのり。とりあえず、周子先生にお礼をしたほうがいいと思うの。だって、いくら近所とはいえ、次にいついらっしゃるか分からないでしょう?」

「うん、じゃあ、メールでもしようかな」

「ダメ! 直接行って」

「え〜、さすがにそれは失礼じゃないかな」

「お渡ししたいものがあるの」

ゆたかに強い口調で言われ、みのりはしぶしぶ了承した。その日、ゆたかは厨房にこもり、一人いそいそと何やら準備をしていた。

翌日、渡された包みを見て、みのりは納得した。

突然伺うのも失礼かと思い、届け物があるので訪ねてもいいかと訊ねると、家で仕事をしているから構わないと、さっそく返事があった。

何度か訪れた低層マンションは、思いのほか『スパイス・ボックス』から近かった。呼び出すと、すぐにロックを解除してくれ、玄関の前で周子が待っていた。

「この前はご馳走様。あれからすぐに構想を練り始めたの。もう、資料を読むのが楽しくて仕方がないわ。あなたのお姉さんより、スパイスの歴史に詳しくなってしまうかもしれないわね」

「スパイスのお話なんですか？」

「それを巡る人々のお話よ」

周子はいたずらっぽく笑った。

「そうそう、厨書房にさっそく連絡してくださったそうですね。ありがとうございました。それに、ＳＮＳも拝見しました。今日のランチが忙しかったのは、先生のおかげに間違いありません」

ふふっと周子は笑った。

「いつもの食べ歩き報告のうちのひとつよ。反響があったならよかったわ。ところで、わざわざそれを言いに来たの？」

周子は、みのりが差し出した紙袋を広げて、さっそく覗き込んだ。

「あら」

「ローズマリーのハーブティーと、黒胡椒のクッキーです。どちらも試作品なんですけど、アドバイザーとおっしゃってくださった先生のお言葉に甘えて、ぜひ、食べていただきたくて」

ローズマリーは、南房総の実家から届いたものだ。ミントと同様、ローズマリーも強いハーブで、放っておいてもたくましく成長する。

「実家でハーブも育てているんです。母が時々送ってくれるので、お茶のほかにもお菓子やパンを作って販売できたらって、姉と相談しているんです」

「いいアイディアじゃない。料理人の想像力もはかり知れないわよね」

周子は心底感心したように呟いた。

「ありがたくいただくわ。感想は仕事が一段落したらでいいかしら」

「もちろんです」

受け取ってもらえるだけでもありがたい。そこで、ふと思い出して言った。

「ローズマリーは、集中力アップ、胡椒は脳を活性化させるそうですよ」

思わず周子は吹き出した。

「もう。発破をかけるつもりね」

「姉からの伝言です」

みのりもいたずらっぽく笑う。

「今夜も眠れなくなりそうだわ。あれ以来、意識が冴えわたって仕方がないの。今なら、どんどんアイディアが浮かぶ気がするのよ」

「あっ、じゃあ、今度はリラックスできて、よく眠れるようなハーブティーを姉に頼んでおきます」

みのりは慌てて言った。

「バカね、感謝しているのよ。これからも頼りにしているわ」

周子の言葉は、みのりにとって何よりも心強いものとなった。

今夜は、みのりも眠れそうにない。

第三話　シュークルートは伝統の香り

1

朝から夜まで店にいると、一日はあっと言う間に過ぎていく。

ランチタイムが終わって一息つくと、すっかり日の短くなった窓の外はうっすらと暮れ始め、心もとなく思えて店頭の照明を灯(とも)せば、明かりに吸い寄せられるように気の早い客が引き戸を開く。夕方の空気は、いつの間にやらはっとするほど冷たくなり、「まだ開店前です」と追い返すのも申し訳なくて、少し早いディナータイムの始まりとなる。そんな日々を積み上げれば、それこそ一か月などあっという間である。

「お姉ちゃん、コーヒーが入ったよ」

みのりは厨房(ちゅうぼう)から身を乗り出して、カウンターに料理本を積み重ねて唸(うな)る姉に声をかけた。ランチタイムの最後の客が会計を終えたのは午後三時半。夜の営業は五時半からだから、しばしの休憩時間である。

みのりは厨房を出ると、本の山をそっとずらして、湯気の立つマグカップとドーナツをのせた皿をゆたかの横に置いた。ランチタイムの終了後、近所での用事を済ませるついでに買ってきたおやつだ。

「ちょっと糖分補給しなよ」

ゆたかはひとつ唸ってから、ドーナツをつかんで大きくかぶりついた。もぐもぐと咀嚼(そしゃく)し、目を輝かせる。

「何これ、美味(おい)しい。アイシングに、ポピーシードだ」

ゆたかが食べているのは、レモン風味のドーナツだ。上にかかったアイシングとポピーシードのシャリシャリプチプチとした食感も楽しく、爽(さわ)やかな味わいである。みのりは数日前、散歩途中にこのドーナツ屋を見つけ、すっかり気に入ってしまった。

「神楽坂って面白い街だよねぇ。最初は分不相応な気がしてしり込みをしたけど、古いものも新しいものも受け入れてくれる。おまけに、いつでも美味しい食べ物を求めてお客さんが集まってくる。やっぱり、神楽坂にして正解だったなぁ」

幸運にも、タイミングよく味のある古民家の一階を借りることができたのだ。

しかし、ドーナツを飲み込んだゆたかは大きなため息をついた。

「だからこそ、ハードルが高いのよ。お客さんをがっかりさせてはいけないって、プレッシャーがかかるもの」

ゆたかが悩んでいるのは、タジン料理に続くフェアメニューである。十月の半ばを過ぎてから始めたタジン鍋は、見た目のインパクトで客の興味を引き、すっかり人気メニューとなった。カレー目当てで来店した客も、サイドメニューとして野菜のタジンを注文してくれる。最初は四個しかなかったタジン鍋は、けっきょく全テーブルで注文が入ってもいいように六個に増やし、フル稼働の夜もある。

「人気もあるんだし、このまま続行すればいいんじゃない？　どうせ、一か月もすればすぐにクリスマスだよ。いくらスパイス料理店で、売れ筋はエスニック料理とは言っても、クリスマスのメニューは何かしら考えたいし」

「せっかく鍋を増やしたんだから、もちろんタジンも続けるよ。周子先生のイチ押しメニューでもあるしね」

厨書房の料理雑誌、『最新厨房通信』の人気コーナー、鮫島周子による食エッセイ「路地の名店」で、『スパイス・ボックス』が登場するのは、来月発売の新年特別号の予定である。周子のスケジュールに合わせてすでに取材は終えていて、取り上げたのはタジン料理だ。当然、メニューから外すことはできない。

「でもさ、みのり。エスニックの王道メニューで売上のベースを確保しながら、フェアをやっていくって決めたじゃない？　つまり、フェアはそれ以外の料理ってことよ。しかも、エスニック料理と同じくらい、お店の魅力を伝えられるもの。私ね、お客さんに食べてもらいたい料理がたくさんありすぎて、どうやっても絞り切れないのよ。ホントに困っちゃう」

ゆたかは頭を抱えるように机に突っ伏した。次の料理が思い浮かばずに悩んでいるのかと思えば、まったくその逆だったらしい。

みのりは呆れて大きなため息をつく。

「アイディアが豊富なのはありがたいけど、考えてみればどこも大変だよね。常に定番メニューで勝負しているお店も多いけど、たいていは月ごとにメニューが替わるし、中には週替わりや日替わりのお店もある。季節感を大切にすれば、ますますメニュー替えは必須だし、お客さんに知らせれば集客につなげることもできる」

「実際、楽しみにしているリピーターがいるってことだよ。羨ましいよね。ここもそういうお店にしたい」

「毎月、一日からメニューが変わります、みたいに？」

「そうね。無理がないのは、やっぱり一か月単位よね。周子先生のエッセイが掲載される時、随時フェアメニューが変わります、みたいに紹介してもらえるとありがたいな」

「お姉ちゃん、意外としっかりしているよね」

「だって、もっと私のスパイス料理、食べてもらいたいもん」

「まぁ、異存はない。店を流行らせたいし、お母さんにも借金返したいしね」

　みのりが神楽坂に店を出すことを相談すると、母は娘のために用意していた結婚資金を差し出してくれた。柾と結婚した時ゆたかは受け取らなかったらしく、二人分の結婚資金はかなりの金額だった。母にしてみれば、返してもらうつもりは少しもないだろうが、そもそも用途がまったく違う。姉妹はありがたく受け取ったものの、いつかは必ず返すつもりでいる。

「男運のない私たち、親不孝でもあるのかな……」

　みのりもゆたかも三十代だ。親に孫を抱かせている同世代は山ほどいるだろう。いくら姉妹の仲がいいとはいえ、独り身の娘を二人抱えていては、老いた母親も心配しているに違いないと、それればかりが気がかりだった。ゆたかは一度結婚しているし、みのりもいずれ一緒になるつもりで、かつての恋人を紹介していた。口には出さなくても、母親の落胆は大きかったに違いない。

「これぱっかりはご縁だから仕方ない。せいぜい、よけいな心配をかけないように頑張るしかないよ」

　みのりが励ますと、ゆたかは「そうだね」と頷いた。柾がいなくなってから実家でふさぎ込んでいた分、ゆたかのほうが母親に対して後ろめたい思いがあるのだろう。

「でも、雑誌が発売されたら絶対に忙しくなるよね。そのあたりも考えて用意しておかないと」

ゆたかの顔つきが変わる。

「じゃあ、どうする？　新しいフェアもやりたいんでしょう？」

「やると決めたからにはやる！　だって、いずれは世界中のスパイス料理が食べられるようなお店にしたいもの！　タジンはさほど手間もかからないけど、急に忙しくなることを考えると、スタンバイができる料理がいいと思うの。煮込み系の」

大きく出たなと内心で苦笑しながら、みのりは頷いた。

「いいんじゃない。シチューとか、ポトフみたいな？　あれ？　でもスパイス料理っぽくないか……」

「やっぱりポトフは冬の定番だよね。ちょっと似ているけど、これ、どうかな」

じゃーんと効果音まで発して、ゆたかが得意げにフランス郷土料理の本を開いた。

「なるほど、シュークルートか」

シュークルートはアルザスの料理で、乳酸発酵させたキャベツを、豚肉やソーセージなどと煮込んだ料理である。酸味のあるキャベツだけをシュークルートと呼ぶこともある。使うスパイスは、クミン、ローリエ、クローブ、ジュニパーベリーなどで、ソーセージ自体にもセージやタイムなどのハーブが使われている。まさに『スパイス・ボックス』にぴったりの料理と言える。

「考えてみれば、ソーセージって、お肉といっしょに保存料としてスパイスを腸に詰めた加工品だよね」

「粒マスタードをたっぷり添えれば、もう言うことなし。それに、酸味のあるキャベツはほかのお料理の付け合わせにも使えるし、一石二鳥。どうせ、仕込みはたっぷりやるから」

そう言いながら、ゆたかは残りのドーナツを頬張った。ポピーシードのプチプチから、粒マスタードを思い浮かべたのかもしれない。

「そういえば、私たち、子供の頃からソーセージが大好きだったよね」

「そうそう。柾さんもソーセージは裏切らないって言っていたよ。ああ見えてわりと好き嫌いが多かったんだけど、どこの国でもソーセージは美味しかったって」

「何が入っているか分からないから、逆に怖い気もするけど……」

「それが面白かったんじゃない？　あの人、好奇心だけは旺盛だったから」

ゆたかが懐かしむように目を細めた。

「タジンは野菜とお肉の二種類あるから、今回のフェアはシュークルート一本でいこう。みのりが言ったみたいに、クリスマスにはまた違うお料理もやってみたいしね」

みのりはコーヒーをすすりながら、何気なく姉の料理本を開く。

「周子先生のエッセイでウチが紹介されたら、和史も驚くだろうな。羨ましがる顔を思い浮かべると、楽しくて仕方ない」

「掲載号、送ってあげたら？」

「そこまでしたらカッコ悪いでしょ。それに、あいつは毎号買っているはずだよ。昔は父親の店を継いだ新進気鋭の料理人なんて紹介されたこともあるんだから」

「そういえば、まだ和史くん来てくれないね」

『リストランテ・サナ』の定休日は月曜日である。月曜日になると、みのりはもしかしたら和史が来るかもしれないとソワソワしていたが、いつからかどうでもよくなった。

ちなみに、『スパイス・ボックス』の定休日を火曜日と決めたのは、和史の店のほか、姉妹のお気に入りの店のほとんどが月曜を休みにしていたからである。せっかくの休みに、お気に入りの店で食事ができないのはつまらないからだ。

みのりは、肝心なところで詰めの甘い和史のことを思い浮かべた。

開店祝いに送ると言った花は、けっきょく翌日の十月一日に届いた。見事な白い蘭の花だった。お礼よりも先に、「どうして開店当日じゃないのよ」と文句を言うと、和史は自分の間違いを棚に上げて、「九月三十日なんて中途半端な日にオープンするほうが悪い」と開き直ったのだ。

「ねぇ、みのり。次のお休み、久しぶりに和史くんのお店に行かない？　急に食べたくなっちゃった、和史くんのトリッパ。美味しかったよね。ほかのお店の煮込み料理も研究したいし」

　ゆたかの言葉にみのりは焦った。会いたいわけではない。けっして。

「トリッパにはまだ早いんじゃない？　それに、お姉ちゃんだってイタリア料理をやっていたんだから、自分で作ればいいじゃないの」

「ええ～、館山のファミリー向けリゾートホテルじゃ、トリッパなんてやらなかったよ。だって、牛の胃袋だよ？　下処理も手間がかかるし、何時間も煮込んでいたら、また『坂上』の大将に『におう』って言われちゃいそうだし」

　姉は意外と効率を優先する。シュークルートのソーセージも手作りしたらどうかと提案しようとしていたみのりは、言葉を呑み込んだ。

「考えていたら、ますますトリッパが食べたくなってきた。ねぇ、みのり、和史くんに連絡して、いつからトリッパをやるのか聞いてみてくれないかな」

　目をキラキラ輝かせるゆたかは、すっかり牛の胃袋のトマトソース煮込みのことしか考えていない。

　みのりは冷めたコーヒーを一気に飲み干した。

「嫌だよ。あいつが来るまで、私からは絶対に行かない」

　いつの間にか、和史を見返したいという思いで店を始めたことなどすっかり忘れていたくせに、急に振られた時の悔しさを思い出して、みのりは勢いよく席を立った。

虫の知らせというのか、噂をすれば影と言うのか、真田和史が『スパイス・ボックス』を訪れたのはその夜のことだった。

いつものように五時半に表の看板を「OPEN」にし、間もなく、すっかり常連になった会社員が顔を出した。会社員といっても、彼の勤務先は駅構内の立ち食い蕎麦屋で、もっぱら早番の担当だそうだ。話好きの青年は自分からペラペラとよくしゃべる。みのりとゆたかは、いつからか彼を「エキナカ青年」と呼んでいた。

開店は朝の六時。五時から仕込みを始め、朝と昼、二度のピークをこなし、発注などの事務作業をしてから、遅番の社員と交代する。『スパイス・ボックス』に近いアパートに帰宅して仮眠し、風呂に入ったあとで早い夕食を取り、九時には就寝するという。二十六歳、独身、実家は岐阜だという。週に数回、まだ誰もいない店にふらりと訪れ、カウンターに座るのは、勤務先の立ち食い蕎麦屋でカウンターがすっかりなじんでいるせいもあるだろう。

「ウチの会社、鉄道会社系列で、蕎麦屋のほかに駅構内にカレースタンドとコーヒーショップもやっているんです。ホントはカレーかコーヒー希望だったんですけど、なぜかずっと蕎麦屋なんですよね」

「まぁ、威勢がいい若い男の子は蕎麦屋でも必要でしょ」

「え～、でも俺以外は、オジサンとオバサンのパートばっかりなんですよ。特に早朝勤務なんて、オジサンとオバサンか、ちょっとワケアリっぽい人しかいません。社員っていうだけで、ずっと年上のそんな人から、人生相談みたいなのもされちゃうんですよね」

「頼りにされているじゃない」

　みのりは、弟の愚痴を聞く姉のような気持ちで笑った。

　カレーが好物だという彼は、『スパイス・ボックス』のマトンカレーにすっかりはまり、ほとんど毎回これを食べる。カレースタンドに異動したいというのも、カレーが好きだからというのが理由らしい。

　周子の提案によって、ランチタイムは簡単なデザート、ディナータイムは小皿でちょっとした料理をサービスするようになり、それも気に入ってもらえた理由のようだ。

　朝が早いため、食事をしながら会話を楽しんだあとは、長居をせずにスパッと会計を済ませる。まだ客席が埋まらない時間帯のありがたい客である。

　入口まで見送りに出て、そこでも軽く会話をしていた時、みのりは彼の後ろに立つ長身に気づいた。エキナカ青年も気を利かせて、「じゃあまた」と路地のさらに奥へと姿を消す。

「なかなか、楽しそうにやっているじゃないか」

「和史……」

今日は月曜日、『リストランテ・サナ』の定休日である。かつての恋人、真田和史は少し照れくさそうに笑い、「よう」と片手を上げた。

「何しに来たのよ」

「だって、来いって言ったじゃないか」

「ほとんど社交辞令でしょ。それに、今さらじゃない。開店してもうすぐ二か月よ。いきなり来られても困るわよ」

「予約でもしたほうがよかったか」

和史のリストランテと違い、予約するような店ではない。それに、困ることもない。突然訪れた和史にとまどっている自分にあきれて、みのりは目を逸(そ)らした。

「……お花、ありがとう」

ずいぶん前に伝えたはずなのに、会話が続かず、もう一度開店祝いの礼を言ってしまう。

「ああ。キレイだっただろ。店が古い木造建築って聞いていたから、木の壁に映えるかなと思って」

「うん、キレイだった」

「ほら」

差し出されたのは、缶ビールの六缶パックだった。手土産(てみやげ)ということらしい。

「どうも」

素直に受け取り、どうぞと引き戸を開く。そういえば付き合っていた頃、帰宅するとすぐにビールで乾杯したなと思い出す。

エキナカの青年が帰ったカウンターは、ゆたかがすっかり片付けてくれていた。

「いらっしゃいませ」と顔を覗かせたゆたかも、和史を見て目を丸くした。

「うそ、和史くん。昼間ウワサをしていたら……」

「ウワサ？　悪口じゃなくて？」

カウンターに座りながら、和史は面白そうにみのりに目をやった。みのりは聞こえなかったふりをして、「これ、差し入れにいただきました」と缶ビールをドンとカウンターに置く。

「一人なの？」

「見て分かるだろ」

実は厨書房の後輩から、和史にどうやら新しい彼女ができたらしいと聞いていた。飲食業界は意外と狭い。仕事がらみ、個人的な付き合い、共通の業者、いろんなところに情報源があって、それらのすべてと関わる機会のある料理雑誌の編集部は、まさに最新ネタの宝庫である。

みのりと和史が別れて、そろそろ一年と八か月が経つ。新しい恋人ができてもおかしくないが、それも和史がいつまでも店を訪れない理由のひとつに思えて、みのりは面白くないのだ。ゆたかにはまだ伝えていない。

「お飲み物は？」

「何があるの？」

和史はカウンターに肘(ひじ)をついて、わずかに身を乗り出した。楽しんでいるというよりは、試されているという印象を受ける。

何度も一緒に食事をしたが、そのほとんどがイタリアンだった。同業の店を回って勉強したいという和史の希望で、みのりも特に不満は抱かなかった。都内に限っても、休日だけでは回り切れないほど、行ってみたいレストランがあった。和史にとっては今もそれは変わらないのだろう。きっと、みのりの開いたスパイス料理店になど興味はない。

「アンタの店みたいに高級なワインはないけど、ウチだってワインくらい置いているわよ。それよりもビールはどう？　タイ、シンガポール、インドの小瓶のビールがある。せっかくだから、普段とは違うものがいいんじゃない？」

料理人の常で好奇心はあるくせに、慎重な和史は「う〜ん」と唸った。

付き合っていた時はさほど気にならなかったが、今はこの態度がまどろっこしい。

みのりは和史をゆたかに任せて、そのあとに来店したテーブルの客の注文を取りに行くことにした。伝票に、生ビール、生春巻き、パッタイと記入してカウンターに戻ると、はっとするほど爽やかな香りが鼻をくすぐった。和史の前に置かれたグラスからだ。

「ああ、モヒート」

「うん。ゆっちゃんのおすすめ」

和史は同い年のゆたかを「ゆっちゃん」と呼ぶ。ちなみに、柾のことは「柾兄さん」と呼んでいた。

付き合っていた頃、みのりは和史と何度も房総半島へドライブに出かけた。ゆたかと柾の働くリゾートホテルで食事をし、時には母親が同席したこともあった。あの頃は、いずれ和史も家族になると信じて疑わなかった。取らぬ狸（たぬき）の皮算用のようなものだ。みのりはかつての恋人の横顔を見ながら苦笑する。

実家から今日届いたばかりのミントの香りが、よけいに房総の記憶を思いださせるのかもしれない。あの時、実家に立ち寄ってハーブ園を見た和史は、「じゃあ、ルッコラなんかも栽培したら育つかな。ウチの店のハーブも頼めたら最高だな」と微笑（ほほえ）んでくれた。

ミントにライムとラムが混じり、涼やかだけど、ほろ苦い香りが漂っている。

「立派なミントだな、なんか、こう猛々（たけだけ）しい。やっぱりご実家の？」

マドラーでクラッシュアイスとミントを押し潰（つぶ）しながら、和史が感心したように言った。

「そう。ミントってとっても強いの。もう、ワサワサ茂っていて。時々母に収穫して送ってもらっている。今は庭仕事が唯一の趣味だから」

ゆたかがにこりと微笑む。たとえ妹を振った男でも、同い年の気安さからか、友情のようなものが芽生えているらしい。みのりは、それもちょっと面白くない。

母、さかえの趣味の家庭菜園の一角を借りて、柾はゆたかとハーブを植え始めた。土が合ったのか、すぐにミントやローズマリーは根付き、今では母がその世話を受け継いでいる。さかえは娘たちの役に立つのが嬉（うれ）しいらしく、収穫してはせっせと送ってくれる。

「うん、味が濃い」

一口飲んだ和史は真面目（まじめ）な顔で頷いた。

「実家のハーブ園、和史くんが見た時よりも、今はもっと充実しているよ。ハーブって、本当によく育ってくれる」

「自家製ハーブなんて、店の強みになって羨ましいよ。ゆっちゃんは、館山のホテルにいただろ？　房総なら、野菜も魚介も新鮮なものが山ほどある。今、仕入れはどうしているの？」

和史は話し相手にゆたかを選んだようだ。料理人同士、みのりよりも話が合うのかもしれない。

「ホテルではほとんど地元で調達していたわね。新鮮で美味しいのは分かっているから、今も物によっては取り寄せている。でも、ほとんどはみのりが手配してくれた業者さん。ウチが仕入れる量は少ないけど、このあたりは飲食店が多いでしょう？　配達ルートだから問題ないって引き受けてくれて、本当に助かっちゃった。一からお店を始めるのなんて大変なことだけど、顔の広いみのりのおかげよね」

「いきなり神楽坂に店を出すんだもんな。みのりのコネもあると思ったけど、たいしたもんだよ」

和史は後ろを振り返った。

「テーブル六卓か、満席になったら二人だと大変だな」

ゆたかが調理に取り掛かったので、仕方なくみのりが相手になる。

「まぁね。でも、ランチはメニューも絞っているし、夜は顔なじみのお客さんも増えてきたから、何とかうまくやっているよ」

「鮫島周子とか？」

「どこで聞きつけたのよ」

「さる筋から」

「何よ、それ」

今になって訪れる気になったのは、大方それが原因だろう。

「いいよなぁ、お前、昔から、なぜか人に好かれるもんなぁ」

和史はモヒートをちびりちびりとやりながら、いっこうに料理を注文する気配がない。

みのりがテーブル席に料理を運んで戻ってくるたび、話しかけてくる。

そう、こういうところだ。和史はどこまでもマイペースなのである。優柔不断で、誰かに決断をゆだねようとする。最初の頃は、年上のくせに甘えてくる和史をかわいらしく思ったが、今になってみるといら立つだけである。

けれど、店に立ったとたんにスイッチが切り替わる。厨房に立つ父親を見て育った和史は根っからの料理人で、自分で店を動かすのが楽しくてたまらない様子だった。その姿だけは、今でもほれぼれと思い出してしまう。

基本的に、みのりは白黒はっきりさせたい性格だ。それも、できるだけ早急に。やっぱり、根本的に和史とは合わなかったのだと今なら思える。

奥のテーブルにパッタイを運び、別のテーブルにインドカレーとロティを運ぶ。和史はまだちびちびとモヒートを飲んでいる。ほったらかしにしているわりに、お酒も減っていない。昔から、そう酒に強い男ではなかった。

下げた皿を厨房の流しに置いたみのりは、たまりかねて言った。

「いい加減、何か注文したら？　おすすめでいいなら、適当に見繕うけど？」

和史は、またしてもう～んと唸った。「いろんなにおいがする。クセのあるハーブから、香辛料。正直に言って、何を食べたらいいのか分からない」

「だったら、おまかせでいいじゃない」

「料理人として、それもどうかと……」

上目遣いで薄く笑う和史に、みのりは心の中で舌打ちをした。本人は会話を楽しんでいるつもりかもしれないが、こちらは腹が立つだけだ。

遠慮なくにらみ返したみのりは、ふと、和史の頭に視線を止めた。

「あれ？　和史、髪が……」

和史は、はっとしたように手のひらで頭を押さえた。「……ほっとけ。俺も若くはない」

以前はまったく気づかなかったのに、ずいぶんと髪に白いものが目立つ。これぱかりは個人差があるけれど、みのりはショックを受けた。仕事が大変なのだろうか。そういえば、心なしか顔色もさえない。

「大丈夫？　もしかして、疲れている？」

「おかげ様で、忙しいからな」

「これからの季節、かき入れ時だからね……」

飲食業界は十二月から年始にかけてが繁忙期である。付き合っていた頃、何度もこの時期の和史を見てきたので、みのりからも同情のため息が漏れた。クリスマスディナーに、忘年会や新年会の集まり、大晦日（おおみそか）のカウントダウンパーティー。父親の代からの常連も多く、地域にすっかり溶け込んだ『リストランテ・サナ』は息つく暇もない。

「まぁ、毎年のことながら、いつもと違うコースも組まなきゃいけないし、頭が痛い」

「じゃあ、ここで元気が出るお料理、たくさん食べて体力つけないとね」

話を聞きつけて、ゆたかが割って入った。いつまでも料理の注文がないことを気にしていたようだ。

「今は、タジン料理フェアをしているの。タジン、食べてみる？」

「タジン？　そんなものまでやっているの？」

「主力商品はタイやインド料理だけど、それぱっかりじゃつまらないから、ほぼ月替わりでフェアをやることにしたの。いつも同じメニューだと、お客さんに飽きられちゃいそうだしね」

「そうだな」

和史は神妙に頷いた。

『リストランテ・サナ』では、ランチとディナーのコースが月ごとにがらっと変わり、コースの料理に連動したアラカルト料理が、定番のグランドメニューに加わる。月の半ばには翌月のメニューを決定しなくては、仕入れも確保できないからなかなかに大変である。和史が、いつもメニュー作成に追い立てられていたのをみのりは知っていた。

「来月は何をやるの？」

和史はゆたかに訊ねた。

「シュークルート。今日の昼間に決まったばかりだけどね。季節的には煮込み料理でしょ。その流れで、和史くんのトリッパが食べたいってみのりと話していたの。だから、ホントびっくりしたよ。突然本人が来るんだもん」

同意を求めるように姉に見つめられ、みのりはふいっと横を向く。

「私、言っていないよ。お姉ちゃんが言っただけ」

「もしかして、ソーセージも作るの？　例えば、庭のハーブなんかも入れて。だとしたら、最高だなぁ」

「いえいえ、さすがにそこまでは。房総の手作り工房から取り寄せるつもり。館山のホテルでも使っていて、ソーセージもベーコンも、なかなかの味なの」

ゆたかの言葉に、和史はきょとんとした。

「シュークルートは悪くない。立派な郷土料理だし、季節感もあっていい。でも、メインとなるソーセージを取り寄せるってどうなんだ？　自家製を使わないなら、じっくり煮込んだ塊肉だけでもいいんじゃないか」

「それはそうだけど、お肉の加工品って、それだけでもいい味が出るじゃない」

ゆたかが困ったような顔をする。

「でも、煮込み過ぎると、だしがらと同じだ」

それは否定できない。自分で作ったポトフの中の、煮込み過ぎたフニャフニャのソーセージを思い出し、みのりはぐっと言葉を呑み込んだ。

ゆたかの考えるシュークルートがどんなものか、まだ分からない。そもそも、ここはアルザス料理専門店でも、和史のリストランテのような値段の取れる店でもない。街中の食堂なのだ。気軽に道行く人たちに立ち寄ってもらうためには、美味しさだけでなく、手軽な価格が重要である。手間や材料費がかかり過ぎては、それができなくなってしまう。

普段はマイペースなくせに、和史は料理のこととなると頭が固い。レストランとは、そして料理人とはこうあるべきという自分のイメージに固執しすぎて、融通が利かない。

心の中でため息をつきながら、みのりはテーブルの客に聞こえないよう、低く言った。

「あのさ、料理も頼まないで、文句を言うだけなら、もう帰ってもらえないかな。そもそも、私たちの店に興味なんてないんでしょう。新しい彼女と、参考になりそうなイタリアンにでも行ったほうが、よっぽど有意義なんじゃないの？」

ゆたかは目を丸くし、和史はわずかに眉を寄せた。

「早いな。誰から聞いた」

「さる筋から。それに、相手も有名じゃない」

さっきの仕返しとばかりに、みのりはニヤリと笑う。

和史は応えずにグラスを傾けた。新しい恋人は、銀座のフレンチレストランのソムリエだ。年齢はみのりと同じだから、嫌でも意識してしまう。

「どうするの？　何か食べる？　っていうか、食べなさいよ」

和史は顔を上げてしばらくみのりを見つめたあと、ぽつりと言った。

「俺、インド料理がいい。適当に見繕ってくれ」

「けっきょく、おまかせじゃない」

みのりは呆れてため息をつく。

和史が食べ慣れないインド料理を食べるなどまずないことだ。本当に疲れているのかもしれない。ここを訪れたのも、日常から距離を取りたいと思ったからだろうか。そう思うと、やはり放(ほう)っておけない。みのりは、もう一度ため息をつく。

「お姉ちゃん、この弱った男に、元気が出るお料理、作ってあげて」

2

うっすらとした暖色の照明に包まれた店内は、ざわざわとした賑(にぎ)わいに満ちている。いつの間にか、六卓あるテーブル席はすべて埋まっていた。もっとも、どこも二人客だから、客数はそう多くない。ただ姉妹二人で店を回すには、それなりに忙しいだろう。目の前の厨房からも、後ろのテーブル席からも、ひっきりなしに嗅(か)ぎ慣れない香りに襲われ、和史は自分がどこにいるのか分からなくなっていた。

料理人である和史には、すべて香辛料のにおいだと分かるから不快ではないが、『リストランテ・サナ』とは違って店が狭いため、においや声、厨房や人々が発する熱が、じっとりと重く、じわじわと体を圧迫してくるようだ。東南アジアを旅すれば、こんな感覚を味わうのかもしれないと、行ったこともない南の国を思い浮かべた。

そもそも、どうしてみのりとゆたかはスパイス料理店など始めたのだろう。ゆたかは和史と同じイタリアンのシェフだったのだから、素直にイタリア料理店をやってもよかったはずだ。競合店は多いが、その分、イタリアンは需要がある。価格帯やメニューを研究すれば、人が自然と集まってくる神楽坂なら十分にやっていけるのではないか。

そこまで考えて、はっとした。ミントがつんと鼻の奥で香る。

そうか、スパイスは、ゆっちゃんと柾兄さんが好きだったからだ。

みのりが店を始めた理由は分かった。間違いなく自分への当てつけだ。

けれど、そこにゆたかを引き入れたのは、きっと姉を思ってのことだったのだろう。

柾が事故に巻き込まれた時、和史はみのりと付き合っていたから、当然のように葬儀にも参列した。ゆたかは青い顔で喪主席に座っているだけで、まるで別人のようだった。別人というよりも、お化け屋敷の蠟人形みたいだった。

それからのこともみのりから聞いていた。つくづく、大変だったんだろうなと、厨房に立つゆたかを見て改めて思った。明らかにサイズが合わないコックコートは、柾のものに違いない。

いや、でも、誰しも何かしら大変な思いをして、生きているのだとも思う。もちろん、大切な人を失ったゆたかとは次元が違う「大変さ」だと思うけど。

和史はぼんやりと考え続けた。

そもそも、何で今日、自分はここに来たんだろう。休みとはいえ、クリスマスのコースや、お正月のお祝いメニューを考えなければならず、目が回るほど忙しい。

この季節の料理は、食材も普段よりも高価なものを使う。いつもと違うものを取り寄せるため、早めに仕入先に相談しなければならない。食材だけではない。メニューの印刷を頼んでいる業者も、年末年始は休みになるため、次月分の発注を早める必要がある。つまり、そのぶん前倒しでメニューを考えなければならないということだ。こっちは、年末年始も休まずに営業するというのに。

父親がやっていたビストロは、大晦日も正月も営業した。代わりに、時期をずらして一週間店を休む。そういうサイクルが地元の常連客には染みついているし、和史にとっては子供の頃から当たり前のことだったから、今さら変えようと思っていない。業態は変わったが、あの店を築き上げたのは父親なのだ。

みのりが慌ただしく動き回っている。新規客の注文、料理の提供、空いた皿を下げ、追加のドリンクを聞く。レジで会計を済ませ、空いたテーブルを片付けていると、別のテーブルに呼ばれる。昔からいつも急かされるように働いていたみのりには、ぴったりの仕事かもしれない。

そこで和史は気が付いた。

自分は、気分転換がしたくてここを訪れたわけではない。味わいたかったのは、スパイス料理ではなく、みのりに急き立てられる、あの感覚だ。付き合っていた頃は、それが嫌だったというのに。

行き詰まっている今だからこそ、久しぶりにあの厳しい声を聞きたかった。

苦笑を紛らわすように、和史はモヒートのグラスを口元に寄せる。氷がぎっしりと詰まったこのカクテルは、酒に弱い和史のペースにちょうどいい。氷が解けて、ゆっくりとアルコールが薄まっていくのも実に理想的だ。

ちびちびやっているうちに、とんと目の前に皿が置かれた。

なんの変哲もないひよこ豆とキュウリとトマトのサラダ。ただ、どの具材もひよこ豆とほぼ同じサイズにカットされているのには素直に感心した。カトラリーの籠には、ナイフ、フォーク、スプーンのほか、箸も入っていた。コロコロとしたサラダを箸やフォークでひとつひとつ口に運ぶのも面倒に思えて、スプーンでまとめてすくい、口に入れた。ほのかな酸味と塩分、複雑なスパイスの風味が口に広がる。

「岩塩とミックススパイスで和えただけ。和史くんのお料理とは違って、手を抜ける部分は抜いているの。料理の幅を広げちゃったから、それなりに大変ってのもあるんだけど、スパイスって不思議なもので、うまく使えばしっかり味を調えてくれるから」

ゆたかがちょっと恥ずかしそうに説明する。

「ふうん。それにしても、月曜の夜から盛況だね」

「おかげ様で。でも、さっと食べてすぐに帰る方がほとんど。一品料理でもお腹がいっぱいになるのはこういうお店の良さだけど、ホントはそういうのはランチだけで、夜はお酒を飲みながら、もっといろんな料理を楽しんでもらいたいんだよね」

「まだこれからだよ。そうか、そのためのフェア料理か。昼と夜、別の顔を持つのもいいと思うけどね。昼はアジアの食堂風、夜は各国のスパイス料理と酒を楽しめる店。そっちのほうが、よほど神楽坂の路地の奥っぽくて面白い」

　ゆたかははっとしたような顔をして、すぐに微笑んだ。

「そうだね。お客さんの好みを見極めながら、みのりと相談してみる」

「客の好みかぁ」

　思わずため息のような声が漏れた。

「こちらもどうぞ」

　次に置かれたのは、タンドリーチキンだった。

「ウチにはタンドールはないから、正確にはオーブン焼きのスパイシーチキンっていうのかもしれないけど」

　ゆたかがいたずらっぽく笑った。和史にインド料理の定義は分からない。でも、たいていのインド料理店にはタンドールと言われる壺のような窯があることは知っている。『リストランテ・サナ』はれっきとしたリストランテで、メニューにピザはないけれど、イタリア料理で言えば、ピッツェリアにピザ窯があるようなものだろう。

ナイフとフォークを取り、骨と肉の間にナイフを入れた。何の抵抗もなくナイフは埋まり、おまけにとてもいい香りがする。どこまでもやわらかな肉は、簡単に骨から剝がすことができた。口に運びやすい大きさにカットしているうち、何やらとてつもなく空腹だということに気が付いた。この香りのせいだろうか。モヒートを飲んでいる間は、ほとんど空腹を感じなかったというのに。

口に入れたチキンは、ナイフの手ごたえよりもずっとやわらかく、あっという間に骨付きのもも肉を食べ終えてしまった。もうひとつ、注文しようかと迷う。

そういえば、最近はすっかり義務感で食事をしていたと思い当たった。

店のスタッフが作った賄い、仕事中のちょっとした味見。日々の生活で、ほとんど空腹を感じることはなかった。恋人と出かける時も。

新しい彼女はみのりとはまったく違うタイプだが、やはり仕事熱心だから、出かけるとなれば決まって目的はレストランでの食事になる。その食事も、楽しむというよりはついつい観察になってしまう。メニューを吟味したらスタッフの立ち居振る舞いをチェックし、周りの客が何を食べているかに目を配る。自分はいつだって料理や店のことで頭がいっぱいだ。

「飲み物、次はどうする?」

手元からするりとグラスが抜き取られ、はっとして顔を上げた。グラスはいつの間にか押し潰されたミントの葉とライムの皮だけになっていた。

「……同じもの。すごく、美味しかった」

「かしこまりました」

みのりがにっこり笑って厨房に入る。ゆたかが手一杯のため、今度はみのりが作ってくれるらしく、手を洗ってミントをちぎり出した。厨房の奥には、水を張ったバケツに入った溢れんばかりのミントが見えている。瑞々しいハーブは、見ているだけで清々しい。いっそプランターにでも植えて、店頭に置けばいいのに。きっといいアクセントになるだろう。

あれだけのミントがあれば、自分は何を作るだろう。ハーブのサラダ、ラムを使った料理のソース、ソルベ、ハーブティー。バジルのように、パスタのソースにしたらどうだろう。でも苦みが出るだろうか。だめだ、当たり前のものしか思いつかない。

ならば、スパイスやハーブを使った料理をウリにするこの店はたいしたものだ。もともと、スパイスやハーブは日本の食生活になじみがなく、風味も想像しにくい。あえてそれに挑戦しているのだから。

またしても和史は考えに耽っていて、みのりが心配そうに覗き込んでいた。

「大丈夫？　相当疲れているねぇ」

「考えることがいっぱいあるんだよ。いずれ、おまえにも俺の苦労が分かる」

ふふっとみのりが笑った。

「どうせ、またメニューで行き詰まっていたんでしょ。大丈夫、私にはお姉ちゃんがいるもん。ところで、最近のイタリアンってどういう傾向？　流行の食材とか、調理法は？」

「おまえだって、料理雑誌くらい読んでいるんだろ？　厨書房では、おまえの尊敬する鮫島周子のエッセイだって連載されているんだから」

「昔みたいに隅から隅まで読まないよ。もう仕事じゃないし。あっ、でも、『リストランテ・サナ』が特集されたら、他社の雑誌でも買ってあげる」

いたずらっぽくみのりが笑う。

「ないな、最近、そういうの」

「うん、めっきりないね」

「はっきり言うなよ」

「だって、本当じゃない。実際、厳しい業界だもん。新しい店はどんどんオープンするし、賞を取った若手料理人がもてはやされる。外国で修業したシェフが帰国すれば話題になって、流行りの料理を食べられる店にお客さんが群がる」

みのりの言う通りだった。和史がかつて料理雑誌に出たのも、イタリアから帰国した直後に、父親の店をリニューアルオープンさせたからだ。そもそも父親の店自体が、郊外のビストロとしてはなかなかの評判店だった。むしろ、そこが閉店したことが惜しまれたのかもしれない。食に関する出版物に特化した厨書房で十年近く働いたみのりは、そのあたりの事情もよく分かっているらしい。

手が空いたのか、ゆたかもカウンターに来て、困ったような顔をする。

「流行っているだけじゃダメなのよね。流行るモノを作らなきゃいけないの。それが、有名店の義務というか、意地なんだろうね。流行の一歩先をいかなきゃいけないのって、つらいと思うなぁ」

だから和史はいつも頭が痛い。

ゆたかと柾が働いていた館山のホテルに、みのりに連れられて行ったことがある。

それまで、和史は房総半島に足を延ばしたことがなかった。東京に隣接しているとはいえ、用事がなかったのだ。母親もビストロを手伝っていたから休みはなく、幼い頃から親に遊びに連れて行ってもらった記憶はほとんどない。

房総半島は思ったよりもずっと広かった。海沿いの道はいつまで走ってもなかなか館山にたどり着かず、陸側は青々とした深い山が唐突に迫っていた。海は穏やかだし、緑は豊かだし、のんびりとして、なんていい場所だろうと思った。

風景と同じくらいホテルものんびりとしていて、流行の先端を行く必要などまるっきりなさそうだった。ただ地元の新鮮な食材を美味しいイタリア料理に仕上げ、客に喜んでもらう。それだけが求められているように思えた。そこで働くゆたかも柾も、やっぱりのんびりと、けれど生き生きと楽しそうで、和史には羨ましかった。

二人は、東京で店を構える和史を素直に「すごいね」と言ってくれたけれど、彼らの夢もいつか房総で店を開くことだと聞いて、ここならばそう難しいことではないだろうと、また羨ましく思った。父親の店がなければ、自分もミラノでの修業中にちょっと足を延ばして立ち寄った、ピエモンテの小さな食堂のように、自然に囲まれた場所で気取らない店をやってみたかったからだ。

いや、父親のビストロがなかったら、そもそも料理人を目指さなかったかもしれない。父親があってこその自分ならば、やっぱりあの店は自分が継ぐ必要があっただろうと思う。フレンチではなく、イタリアンをやりたいと言った息子を、何も言わずに後押ししてくれたのが父親だ。イタリアから帰国してすぐに、母親から父にガンが見つかって、大きな手術をしなくてはいけないと聞かされた時は、もう復帰は難しいのだろうと、ぼんやりと分かっていた。和史が実家のビストロを引き継いで、リストランテに改装したのは、ほとんど義務感からと言ってもよかった。

出来立てのモヒートは、さっぱりと口の中を洗い流してくれた。

「難しい時代だよ。今は客がどんどんＳＮＳで発信するだろう？　ありがたい反面、雑誌のライターや、専門家が批評するよりもよっぽど怖い。何を書かれるだろうって、つい客にも身構えてしまう。何というか、疲れた。けど、目新しいものを見つけて、次々に新しい料理を作り続けていくしかない。毎回毎回、同じ料理だけやっていたら、ファミレスと変わらないしな」

「ファミレスだって、今はじゅうぶん頑張っているけどね。だけどさ、街のラーメン屋だって、ずっと同じメニューでも流行っている店は流行っているよ？　そういうのもいいんじゃない？」

「飽きられたら終わりだ」

「飽きられるような料理しかないの？」

みのりに言われ、和史はむっつりと口をつぐむ。昔からみのりの言葉には遠慮がない。険悪な気配を敏感に感じ取ったゆたかが取りなすように微笑んだ。

「まぁ、まぁ、せっかく食事に来てくれたんだから、楽しく過ごしましょうよ。すぐに締めのカレーを用意するね」

そのままいそいそと厨房の奥に向かい、みのりはみのりでテーブル席の客のほうへ行ってしまった。常連なのか、内容までは聞き取れないが、楽しそうな声が聞こえてきた。

「はい、おまちどおさま」

ほどなく、ゆたかが緑色のカレーを運んできた。

「サグチキン。緑色をしているのは、ほうれん草のカレーだから。今日の和史くん、何かマイルドなほうがいいっていう雰囲気だったんだよね」

ゆたかが言う通り、淡い緑のカレーは、たっぷりとクリームが加えられているのか、カレーとは思えないくらいマイルドだった。

「まるで、ポタージュスープだ」

「お店によっては、もっと青臭いのもあるけど、私はちょっと苦手だから、生クリームでなめらかにしちゃうの」

ゆたかがにこっと笑った。つやつやとなめらかなルーの中に、ごろっとしたチキンが入っている。大ぶりだが、スプーンで簡単に割ることができた。それに、ポタージュのようなカレーが、びっくりするくらい米に合う。

「本当だったら、ナンといきたいところだけど。そこがすべてにおいて専門店ではないウチの弱いところ。でも、味では絶対に負けていないと思うの。何といっても、美味しいスパイス料理を食べてもらいたいっていう思いだけは本物だから」

「設備なんて、たいして重要じゃない。料理人の心意気だよ」

「嘘(うそ)ばっかり。どれだけ、自分の店に設備投資してんのよ」

テーブル席の客を、一組送り出したみのりが戻ってくる。

「俺はゆっちゃんと話しているんだ」

最後のスプーンを口に運ぶと、皿には米一粒残っていなかった。

「あれ？　お腹の底が温かい。妙だな、カレーもマイルドだったし、特に辛い物を食べたという気はしないのに」

「スパイス料理というと、辛いって思う人が多いけど、辛いスパイスなんて、実際にはそういくつもないんだよ。それぞれが、それぞれの役割を果たしていて、その微妙なバランスを美味しいと感じさせるのが、スパイス料理の料理人だと思うの。きっと、今日はふだん食べ慣れないスパイスを体に取り込んで、血行がよくなっているんじゃないかな。最後は温かいチャイ、どうですか？」

「いただきます……」

和史は素直に頷いた。しばらくして運ばれてきた熱々のチャイを飲んだら、いつの間にか額にはうっすらと汗が浮いていた。何となく、頭も体もすうっと軽くなった気がする。

野性的なミント、幾重にも層を成すようなスパイスの味わい、そして、びっくりするほどなめらかなカレーと、やわらかい肉。ふだん携わっているイタリアンとはまったく違う料理を食べたのに、なぜか早く店の厨房に立ちたくなっている。きっと、自分のものとは根本的に違う料理に刺激を受けたのだ。

来てよかった。和史はしみじみと思った。料理だけではない。遠慮なく何でも言い合えるみのりやゆたかと話をしたことが、よけいに気持ちを軽くしてくれたのだ。こういう場所は貴重だ。いつの間にか、一人で何もかも背負わなければならない年齢になってしまった自分には。

「和史くん、今度はシュークルートを食べに来てよ。絶対にがっかりさせないから。そうだ、お付き合いしている彼女と、ぜひ！」

戸口まで見送りに出たゆたかの言葉に、和史は顔をこわばらせた。

恐る恐る振り向くと、やはりみのりはむっつりと口元を歪めている。時々、無邪気なゆたかが恐ろしくなる。

「本当に、連れて来てもいいのか？」

念を押すようにみのりに訊いた。

「どうして私に聞くのよ。そういう気遣いに、ますます腹が立つんだけど。どうぞご自由に」

みのりは視線を合わせずに応え、和史は苦笑いを浮かべる。

「そうか。きっと、あいつならシュークルートが好きだと思う」

和史は居心地のいいこの店を、恋人にも教えたくてたまらなくなっていた。

「じゃあ、十二月だね。それから、ワインは持ち込みでいいよ。アンタやソムリエの彼女を満足させられるワインなんて、ウチにはありませんから」

和史は笑いながら、ひらひらと手を振った。みのりの負けん気が、今となればちょっとかわいい。

夜の神楽坂通りを下る足取りが飛ぶように軽い。とてもいい気分だった。

3

和史が再び『スパイス・ボックス』を訪れたのは、十二月最初の月曜日だった。

相変わらず何の連絡もなしに、突然引き戸がガラガラと開き、後ろにはすらりとした美女を従えていた。銀座のフレンチ『シェ・アルジョン』のソムリエ、早川麗（はやかわうらら）だ。

麗をエスコートするように戸口をくぐった和史を見て、みのりは思った。

お似合いだ。

麗は足を止めて、店内を見回した。土間の延長のような店内には、ダークブラウンの木製のテーブルが並び、天井には、所々、梁（はり）が露出している。漆喰（しっくい）の壁に据え付けられた棚には、ゆたかかの資料となる料理の本がぎっしりと置かれていた。

「いいお店。古民家でスパイス料理なんて、おしゃれだわ」

かつて料理雑誌の写真で見かけた彼女とは違い、早川麗は飾らない女性だった。服装もシンプル、長い髪はさらりと後ろに流し、メイクもきわめてナチュラルだ。それでもきれいな人だと思うのは、もともとの顔立ちが整っているからに違いない。

好奇心旺盛なようで、キョロキョロと店内を見回し、衝立の向こうの座敷を見つけると、すぐさま駆け寄って覗き込む。誰かに似ていると思ったら、鮫島周子だ。彼女の好奇心も全方向に向いていて、いつも何かを吸収したくてたまらない様子だった。

天真爛漫な麗に、みのりはあっけにとられた。自分とは正反対だ。和史はこういう女性を求めていたのかもしれない。

予約の取れないフレンチの女性ソムリエとして紹介されていた彼女は、凛としていて、自分の役割や理想を、記事の中できっぱりと語っていた。そのイメージから勝手な印象を思い描いていたが、あれはやっぱり仕事での姿なのだ。

先にカウンター席に落ち着いた和史は、やれやれといった様子で麗を見守っている。

「カウンターでいいの？　今ならテーブルも空いているし、座敷でもいいのよ」

ゆたかが訊ねると、和史は軽く首を振った。

「俺たち、カウンター派なんだ」

俺たち？　カウンター派？　和史の発する言葉のすべてに気持ちをささくれ立たせながら、みのりは「そう」と笑顔で頷き、店内を一周して戻った麗に椅子を引く。

麗は「ありがとう」とおとなしく椅子に座った。

和史は持参した厚手の紙袋から二本のボトルを取り出し、カウンターに並べた。紙袋には、麗が勤める店のロゴが入っていた。

「本当に持ち込み料はいいのか？」

「いいって言ったでしょう」

「あっ、じゃあ、ちょっとだけ味見しませんか？　もちろんお仕事のあとで」

麗の提案に、みのりは感心した。さすが同業者だ。こちらが未知の味わいに興味津々だということをよく分かっている。

「こいつ、めっぽう酒に強いから、そんなことを言ったら、仕事中でも遠慮なく飲むぞ」

和史がみのりを指さし、わざとらしく口元を歪めた。

「お二人は長い付き合いだと伺っています。厨書房にお勤めで、その時に知り合ったとか。ホント、仲がいいんですね」

麗がにこにこと言う。みのりが料理雑誌の編集部にいた頃、『シェ・アルジョン』も取材したことがあった。時に、店のスタッフと意気投合して親しくなることもある。麗は、和史とみのりがそういう付き合いを続けていると思っているようだ。

「実は私、厨書房さんの雑誌で、『リストランテ・サナ』を知ったんです。素敵なお店だなと思っていたら、そのあと、ワインの展示会で和史さんを見かけて、雑誌を見ましたって、つい声をかけてしまったんです。私のお店も、厨書房さんは何度も取り上げてくれていましたから、すっかり盛り上がってしまって。こうなったのも、厨書房さんのおかげです」

麗は隣の和史をうっとりと見つめた。

どうやら和史は、みのりを「厨書房出身で、起業した人物」とでも紹介したようだ。自分の古巣が二人の間を取り持ったと知って、みのりは一気に力が抜けた。

和史はとぼけて相槌をうつ。

「そうそう。『スパイス・ボックス』の姉妹とは、古い付き合いなんだ。みのりはウチにもよく食べに来てくれたし、お姉さんは館山のリゾートホテルのシェフをしていて、勢いで遊びに行ったこともある。ほら、房総って食材の宝庫だから」

物は言いようだ。みのりは呆れてしまう。

「そんな友人が店を開いたって聞いたら、来ないわけにはいかないだろ？」

麗は納得したように頷いた。

「お店のコンセプトも面白いし、さすが料理雑誌に携わっていた方は、知識もあって、なかなか人が思いつかないことをやるんだなって、和史さんから誘われて楽しみにしていたんです。ちなみにワインは、シュークルートを食べさせてもらえるって聞いたので、アルザスのワインを選んできました」

麗がメニューを一通り見たいというので、みのりはメニューブックを手渡した。さっそくじっくりと眺めて、興奮のあまり声を上げる。

「うわあ、タジン料理まである」

和史は頬杖をついたまま、麗を面白そうに見守っていた。

「ここのタジン、周子先生のお気に入りなんだってさ。作家で、食エッセイでも有名な鮫島周子。『最新厨房通信』を読んでいる麗なら、当然知っているだろう?」

麗はさらに目を輝かせた。

「もちろん! 私、『路地の名店』、全部持っているもん。本当に鮫島先生が来たの? タジン、私も食べてみたい。鮫島先生のお気に入りのタジン!」

みのりはおかしくなった。笑いを嚙み殺しながら言う。

「かしこまりました。周子先生が召し上がったのは、ラムと野菜のタジンです。シュークルートもお出ししますが、お二人はもちろん両方食べられますよね」

「どちらもいただきます。お腹空かせてきましたから、大丈夫です!」

麗は、完全にみのりの予想を裏切る素直で潑溂とした女性だった。ここまで自分と違うと逆に清々しい。かつてのみのりは、年上の和史に子供っぽく見られたくなくて、虚勢を張っていたのだ。

「ここ、『路地の名店』でも取り上げられるんだってよ。掲載誌、今月発売だよな?」

「和史、それ、まだ秘密だから」

「ああ、そうだった?」と和史はとぼけると、「いいよなぁ、路地。俺の店なんて、思いっきり大通りに面しているもんな。ずるいよなぁ、路地」と、冗談とも本気ともつかない呟きを漏らす。

二組連続して客が入り、みのりが対応している間にタジン料理が出来上がった。おもむろにスカウンターに運び、蓋を取ろうとすると、麗が「待って」と声を上げた。おもむろにスマートフォンを取り出し、写真を撮る。蓋を開けたあともう一度撮影し、「これを周子先生が……」とうっとりと見つめた。

「冷めないうちにどうぞ」

和史が取り分けた野菜と肉をしばらく無言で咀嚼していた麗は、顔を上げて「素朴だなぁ」と呟いた。

「野菜もお肉も、すごく美味しいです」

麗はもう一度料理を口に運び、納得したように続けた。

「スパイスって、いかにも複雑な感じがするけど、けっきょくは素材の味を引き立たせているんですよね。それ自体は、塩味や酸味、……いわゆる五味があるわけじゃない気がします。あ、甘味があるものはあるのかな？　でも、それも香りによって、甘いと思わせられているだけかもしれない」

ソムリエだけあって、なかなか感性の鋭いことを言う。みのりとゆたかは思わず顔を見合わせた。じっくり蒸された素材は、味がぎゅっと凝縮される。最大限に引き出された本来のうま味をさらに引き立てているのが、加えられたクミンなどのスパイスである。

それからも、麗は次々に料理を注文した。シュークルートが入るのか心配になるくらい、旺盛な食欲だった。ワインもほとんど麗が飲んだ。もともと和史は大食漢でないし、酒にも強くない。この二人は、万事これでバランスが取れているのかもしれない。

いつの間にか、テーブル席は半分以上埋まっていたが、和史と麗が肩を並べて座り、時に微笑み合うカウンター席だけは、ちょっと雰囲気が違っていた。

麗の頬がワインでうっすらと上気してくると、ゆたかはシュークルートの皿をカウンターに置いた。麗は、いささかとろんとした目で見下ろし、「これも美味しそう」と呟いた。

山盛りの発酵キャベツと、大きめにカットしたジャガイモと人参(にんじん)、それに色合いの違う二種類のソーセージと厚切りのベーコン。皿の横にはたっぷりの粒マスタードが添えられている。

今度も和史が皿を引き寄せ、麗の分を取り分けた。

ベーコンを切り分けようとして、その下の塊肉に気づいて手を止める。

「豚のすね肉を使ったのか。うま味はベーコンのブロックで出したんだな」

「はい。キャベツとお肉や加工肉、お互いがお互いの味で美味しくなります」

ソーセージは、スモークタイプとノンスモークの二種類だった。スモークタイプは、クミンやナツメグのスパイス入りで肉も粗挽(あらび)き、力強い味がする。もう片方は、ハーブソーセージで食感もややややわらかい。

「美味しい！」

最初にキャベツを食べ、次にたっぷりと粒マスタードをのせてソーセージを口に入れた麗は感嘆の声を上げた。

「うわぁ、わざわざスパイス入りのソーセージをチョイスしたところが憎いですね。とことん、スパイスで行くんだなぁ！」

「房総で、昔からドイツソーセージを作っている工房のものです。これも、ぜひ味わっていただきたかったんです」

ゆたかが微笑んだ。

シュークルートを試作している時、みのりはゆたかから、使いたいソーセージがあると聞かされていた。ちょっと高いかもしれないけれど、どうしても使いたいのだと。

「柾さんもお気に入りのお店でね、店主に作り方を教わって、二人で挑戦したこともあるんだけど、どうやっても工房の味に敵わなかったんだよね。その時は、いつかオリジナルのスパイスやハーブの配合で自分たちのソーセージを作ろうって言っていたんだけど、まだ私はそこまでできないから」

シュークルートを思いついたとき、すぐにこの工房のソーセージを使いたいと思ったそうだ。それを活かして、自分のスパイス料理に仕立てたいと、ゆたかは語気を強めたのだった。

思いのほか、麗はシュークルートだけでなく、ソーセージを気に入ったようだ。

ソムリエという職業のためなのか、酔っていても饒舌（じょうぜつ）だった。

「ソーセージって、うま味が詰まっていて、これだけで完成された料理ですよね。考えた人、天才ですよ。というか、もともとは保存食ですもんね。噛むほどに美味しさが染み出てくる。そもそもソーセージって、色々な種類がありますよね。家畜の肉も脂も血も、すべてを無駄にはすまいとする精神が素晴らしいと思いませんか？　だからこそ臭み消しや、保存性を高めるためにスパイスやハーブが使われたことは間違いないんですけど、それが、昔からほとんど形も変えずに今も世界中で愛されているって、本当にすごいことだと思いませんか」

みのりはあっと思った。

「ワインもそうですね」

「そう！　そうなんです！　紀元前の昔から、今も変わらず人々に飲まれています。もともと好きでしたけど、勉強すればするほど夢中になっちゃって。だって、世界中で愛されているじゃないですか。しかも、手軽なものから高価なものまで。その違いを味わい尽くしたいなって思ったんです」

麗とみのりが意気投合して盛り上がっている横で、和史は黙々とシュークルートを食べていた。最初はソーセージの煮込みを軽んじていたため、何となくバツが悪いのだ。

それを察して、みのりは言った。

「どうせ、加工品をバカにしていたんでしょ？　今はね、効率も大事よ。どこかに手間を掛けたら、どこかに手を抜ける部分を作る。そうしないと、自分がしんどいだけだよ」

有名店だから、人気店だから、すべてを一から作らなければならないわけではない。そこはポリシーとプライドの問題であって、ようは使いようだとみのりは思う。なにせ、常連のエキナカ青年は、立ち食い蕎麦屋の機械で打った蕎麦を手打ちと遜色ない味だと豪語しているのだ。もちろん、そんなことはないとみのりは思っているし、『手打ち蕎麦　坂上』の大将に聞かれでもしたら大ごとになりそうだ。

和史は、食べかけのシュークルートの皿をまじまじと見下ろした。

「どうしたのよ。さっさと食べなさいよ」

「あれ？　和史さん、もしかしてソーセージが苦手だったの？」

「そんなはずないわ。それに、加工品をバカにするのも筋違いよ。『リストランテ・サナ』だって、モルタデッラと生ハムを盛り合わせて出しているじゃない」

骨付きの塊から切り分けられたばかりの生ハムはとろけるような舌触りで、それを思い出したのか、麗がうっとりと言う。「どちらも伝統的な製法でつくられた、イタリアンに欠かせない食材ですよねぇ」

かしましい女二人に挟まれてもなお、和史は口をつぐんでじっと皿を見下ろしていたが、しばらくして「あっ」と声を上げて宙に目を据えた。

「どうしたの？　和史さん」

驚いた麗の手を、和史はがしっと握る。みのりはあっけにとられて見守るしかない。

「決まった、今年のナターレ」

「クリスマスディナー？」

「うん。今年はトラディショナルでいく。流行の先端を追うのは止めだ。それは、ほかの店に譲って、『リストランテ・サナ』の今年のテーマは伝統回帰だ。しっかり王道の味をお客様に味わっていただく」

手を握られたまま、きょとんと和史の言葉を聞いていた麗は、にっこり微笑んだ。

「いいじゃない。実はね、私、目新しいものばっかり追い求める必要ないって、ずっと思っていたの。もちろん、新しいお料理に興味はあるけど、年々、見た目ばかり華やかさを増していく気がするんだもの」

今度は、和史のほうが茫然と麗を見つめていた。

「SNSが普及して、見栄えが重要視される時代だから仕方がないのかもしれないけど、素朴でも、地味な見た目でも、素晴らしいものはたくさんあるのにね」

そこまで言うと、ふふっと麗は小さく笑った。

「ワインなんて、ラベルのデザインは様々だけど、中身は何千年も前から変わらない、ブドウを発酵させて作ったお酒だもの。それでも、伝統にのっとって、次々に新しい味わいが生まれてくる。私は、それが嬉しくて仕方ないの」

麗の言葉に、みのりは深く頷いていた。そして思う。

やっぱり和史はメニューを考えることに行き詰まっていたのだ。いや、メニューだけではない。SNSが広がり、飲食業界の在り方も、『リストランテ・サナ』を父親から引き継いでオープンした頃とは大きく変わった。普及したSNSをうまく営業戦略に活用する店もあれば、何かのきっかけで、わっと注目される店もある。これまで通りに営業していては取り残されてしまう。その焦りは間違いなく和史にもあったはずだ。

きっと、麗もまた、和史のそんな悩みに気づいていたのだろう。

もう雑誌やテレビに取り上げられたからと喜んでいる時代ではない。どちらも効果は大きいけれど、手っ取り早い方法ではない。みのりは、先日訪れた周子がSNSでタジン料理を紹介してくれ、その後、すぐに客数も、タジン料理の注文も増えたことを思い出した。

いつの間にか、シュークルートの皿は空になっていた。

「ゆっちゃん、シュークルート、お代わり」

和史の言葉に、みのりもゆたかも「えっ」と声を上げる。

「だって、美味しかったから。それに、半分以上この子が食べちゃったから」

「え〜、そうかなぁ」

そうだよ、と和史が意地悪く笑う。確かに、麗はよく食べていた。

会話が聞こえたのか、後ろのテーブルからもシュークルートの注文が入った。大鍋にたっぷりと仕込んであるから、すぐに応じられる。それもまた煮込み料理の良さである。

二皿目のシュークルートを食べ終えると、さすがに和史と麗は満腹のようだった。

「こんなに食べたのは久しぶりだ」

大きなあくびをしながら、和史が言う。これほど無防備な姿をさらすことは、カッコばかりつけている和史には珍しい。しかし、それもそのはずだ。最後は麗と同じペースでワインのグラスを空けていた。それだけ気分が良かったということだ。

「うん。でも、全部美味しかったね」

笑顔で応じる麗も、すっかりほろ酔い加減である。

会計を終え、お釣りを持ってカウンターに戻ると、和史はカウンターに突っ伏して、すやすやと寝息を立てていた。

「大丈夫？　タクシー呼びましょうか」

代わりにお釣りを受け取った麗に、みのりは心配して訊ねる。

「もうすっかり慣れっこです。すみません、タクシーお願いできますか」

「もちろん」

苦笑の麗に、みのりもうっすらと笑って返し、レジの横の電話に向かう。

視線の隅で、安心しきった和史の姿と、その髪を優しく撫でる麗を見つめる。

付き合っていた五年の間、和史が外で酔いつぶれることなど一度もなかった。

タクシーの配車係に複雑な路地の説明をしながら、みのりはぼんやりと考えた。

きっと、二人は同じ家に帰っていくのだろうなと。

タクシーが到着し、麗と二人で、和史を無理やり後ろのシートに押し込んだ。

あれだけ飲み食いしても、麗は頰を染めただけでしっかりとしていて、みのりに「お騒がせしました」とぺこりと頭を下げる。

「お料理、どれもとても美味しかったです。絶対に、また来ますね！」

「ぜひ、またいらしてください」

社交辞令でも何でもなく、みのりは微笑んだ。

薄暗い路地から明るい表通りに出ていくタクシーを見送りながら、「お幸せに」と呟く。

店内に戻ると、ゆたかがカウンターをすっかり片付けてくれていた。すでにほかの客はおらず、時刻はラストオーダーの午後十時を回っていた。

「う〜、寒い」

みのりはわざと大げさに両腕をさすった。

「さっさと片付けて、私たちも帰ろう」

掃除は翌朝の仕事だから、閉店後は厨房の片付けと売上の計算を分担して終わらせる。

みのりは玄関灯を消すと、店内の照明を絞り、レジのお金をすべて取り出して、カウンター席で数え始めた。大きな鍋を磨いているゆたかに、ついぽつりと呟いた。

「あの二人、お似合いだったね」

しばらくして、「うん」と返事が返ってくる。それから、「はい」とソーセージがのった皿が差し出された。

「あの二人のおかげで、今夜はシュークルート完売。中途半端に残ったから、食べちゃって」

ゆたかは、麗が置いていったボトルに四分の一ほど残ったワインを、ふたつのグラスに注いだ。

「あはは、どっちも美味しい」

みのりが笑うと、ゆたかも笑った。

「食べたら、帰ろう」

「うん」

みのりが頷くと、ゆたかはそっと妹の頭を撫でた。

ふいに鼻の奥が熱くなった。

人との出会いは、必ず別れを伴うものだけど、ゆたかと自分は、何があっても姉妹のまま。その確かな絆の安心感に、みのりは胸の奥から突き上げてくるものをこらえて、ゆつくりとゆたかの料理を嚙みしめた。

第四話　熱々チャイとクリスマスのスパイス菓子

1

カタカタと引き戸に嵌められた薄いすりガラスが鳴る。風が強い。みのりは、昼間、木枯らし一号が吹いたとラジオのニュースで言っていたのを思い出した。

『スパイス・ボックス』は入口のほか、路地に面した壁には窓が多い。格子窓にはすべてすりガラスがはめられていて見通しはきかないが、自然光を取り込めるのはありがたい。

しかし、古い建物ゆえにガラスは薄く、風が強い日や、狭い路地をギリギリに車が通るたび、心もとなげな音を立てる。いつ舗装されたのか分からない凹凸の目立つアスファルトも原因のひとつであろうが、不穏な音が聞こえるたびに古民家がきしんでいるようで不安になる。

「いっそ、車も通れないような路地に面していたほうがよかったかな。兵庫横丁みたいな」

「絶対に無理。ハードルが高すぎる。こっちが私たちにはお似合いよ」

神楽坂通りを挟んで反対側の、風情溢れる石畳の路地の名を口にしたみのりを、ゆたかが軽く受け流す。そもそも、名店が軒を連ねる路地に入り込む余地などないだろう。

ふいに、いっそう激しくすりガラスがピシリと鳴る。ますます風が強くなったらしく、みのりは引き戸を開けて夜の路地へ首を出し、すぐに引っ込めた。

「ほとんど嵐。寒いし、人通りもない。こんな夜はきっとサッパリだね」

「まぁ、そういう日もあるよ」

ゆたかはやれやれとため息を漏らす。

客が来なければ、まったく売上がない。飲食店に限らず、客商売とはそういうものだ。

「いつも予約でいっぱいの店が羨ましいね」

「どこの一流店の話よ」

ゆたかはコックコートの袖をまくり直しながら厨房に入った。気持ちを切り替えて、試作や仕込みでもするつもりなのだろう。

「私がいた館山のホテルも、シーズンオフの平日なんか、予約が一組もないなんて日もざらにあったよ」

「そういう日はどうするの？」

みのりはカウンター席に座り、厨房の姉を見つめた。

「観光地なんてさ、ハイシーズンに一気に稼いで、あとは従業員を絞って、帳尻を合わせているんだよ。私だって、専門学校生の時は、夏休みのバイトであのホテルを見つけたんだもん。実際、社員として働いているのなんて、数人しかいなかった。まぁ、館山は東京からも近いから、週末はそれなりに忙しかったけどね」

ゆたかによると、オーナー夫婦はたいへんおおらかな人柄で、宿泊客のない日は、掃除などの日常業務が終われば従業員を集めて、トランプ大会や庭でのバーベキューをしたそうだ。もちろん、経営にゆとりがあるからできたことだろう。

「オーナーの口癖がね、『いい時もあれば、悪い時もある』。悪い時は焦っても仕方がないんだって。だから、ドンと構えて、いい波が来るのを待つの」

「まぁ、そうかもね。焦ってもお客さんが来てくれるわけではないし。でも、エキナカ青年くらい、来てくれないかな」

「ん〜、一度アパートに帰ったら、もう外に出たくなくなるでしょ、こんな夜は」

「そういえば、いつも言われるもんね。ディナータイムが五時半からなのは困るって。エキナカ青年、帰ってくるのが五時前だもん」

「すっかり常連さんだし、毎回わざわざ出直して来てもらうのも、ちょっと申し訳ない気がしていたんだよね。個人店って、中間クローズするお店がほとんどだけど、私たちなんてずっとここにいるんだから、あんまり閉めている意味ないわよねぇ」

「実は、私も同じことを考えていたの！」

みのりはカウンターに両手をついて、勢いよく身を乗り出した。「でも、もしかしたら、お姉ちゃんはお客さんを気にせずに息抜きできる時間もほしいのかなって、言い出せなかったんだけど……」

「そんなことないわよ」

ゆたかは明るく笑った。「試しに、ティータイム営業でも始めてみる？　考えてみたら、その時間帯にお店を閉めているのももったいないものね。どれくらいお客さんが来てくれるかは分からないけど、やってみる価値はあるよね」

「いいの？　お姉ちゃん」

「もちろん！」

ランチタイムのあとなら、客数もたかが知れている。のんびり営業すればいいと話はまとまった。

「個人店って、何でもトントン決められていいね」

「当たり前でしょ。だって、みのりは経営者なんだから」

ゆたかに言われ、急にずしりとその重みが両肩にのしかかってきた。

「私はとてもドンと構えていられないよ……」

厨房から、やわらかな湯気が漂ってくる。甘く、少しピリッとした香り。ゆたかが、カウンターの向こう側でカップに淹(い)れたてのチャイを注いでいる。

ディナータイムの開店から一時間を過ぎてもいっこうに客はなく、路地に人の気配もない。聞こえるのは、細い路地を吹き過ぎる風の唸(うな)りと、合わせたように震えるガラスがきしむ音だけだ。

焦っても、いっこうに引き戸が開く気配はない。

みのりはすっかり今夜の営業を諦(あきら)め、今後の『スパイス・ボックス』についてミーティングを開くことにした。

「あっという間にもう十二月。神楽坂に人出が増えて、飲食店もかき入れ時。もうすぐ周子先生のエッセイが掲載された『最新厨房通信』も発売されるし、このチャンスを逃すことはできないよね。やっぱり、クリスマスも意識したほうがいいと思う」

「そうね。本当はもっと前から準備しておきたかったんだけど、けっきょく十二月はシュークルートを始めるだけで精一杯だったからなぁ。なんか、メニューに追われる和史くんの苦労が分かるよ」

ゆたかがため息をつき、みのりも「いずれ、おまえにも俺(おれ)の苦労が分かる」と言われたことを苦く思い出す。和史は料理人と経営者、両方の苦労をずっと背負ってきたのだ。

みのりは気持ちを引き締める。

「タジンもあるから、シュークルートは一月まで引っ張ることにしても、やっぱりクリスマスっぽさは出したいよね。でも、クリスマスってそもそもキリスト教のお祭りじゃない。ウチの主力メニューは、ヒンズー教やイスラム教が主流の国の料理だけど、クリスマスもアリなの？」

「アリよ。ここはアジア料理じゃなくて、スパイス料理店なんだもの。シュークルートだって好評じゃない。それに、みのりはスパイス料理にクリスマスは関係ないって思ってるでしょ。ヨーロッパで、クリスマスに食べる伝統的な食べ物って、何か分かる？」

「フライドチキンとコカコーラ」

「テレビCMに洗脳され過ぎ。そもそも、あれ、ヨーロッパじゃないよね？」

「あっ、そうか。えっと、シュトーレンとか、パネットーネとか……」

「うん、だんだん近づいてきた。どれも、ドライフルーツやナッツ、スパイスを使った、日持ちするお菓子だよね。ほかにも、ジンジャーブレッドとか、クリスマスティーとか、ホリデーシーズンに西欧で食べられる料理やお菓子って、スパイス入りのものが多いって、気づいていた？」

「そういえば。……どうして？」

「そのあたりは、自分で勉強すること。っていうか、これまでやってきて、もう十分分かると思うんだけどなぁ」

カウンターの上に置いたチャイのカップを取り上げ、ゆたかはひと口すする。

「でも、私が思いつくのはお菓子ばかりなんだよねぇ。そこで、さっき出た、ティータイム営業の話がちょうどいいと思ったの。こんな寒い日はさ、温かい飲み物が体に染みるじゃない。だから、ホットドリンクとお菓子のフェア。スパイスを使ったヨーロッパのお菓子をメインにすれば、クリスマスっぽさもあって、ちょうどいいんじゃないかな」

「さすがお姉ちゃん。どんなお菓子が出てくるか、楽しみ！」

たいてい次のメニューを考える時は、ゆたかの提案に対して、みのりの「食べてみたい！」や「美味(おい)しそう！」で決定する。

「ホットドリンクは、チャイ、スパイスコーヒー、チリ入りのホットチョコ、グリューワイン。お客さんには、体も心もポカポカしてもらいたいからね」

「合わせるお菓子は？」

「まずは、ジンジャーブレッドだね。お茶うけにいいでしょ」

思いがけずポンポンと飛び出した姉のアイディアに、みのりは心の底から感心した。

「お姉ちゃん、いつの間に考えていたの？」

「いつの間にっていうより、いつも考えているよ。どんなふうにスパイスを使ったら、お客さんが喜んでくれるのかなって」

「やっぱり、お姉ちゃんとお店をやってよかった」

「私こそ感謝しているよ。世界を回った柾さんが教えてくれたの。言葉がちゃんと通じなくても、笑顔だけは世界共通だって。子供も、お年寄りもね。お腹いっぱいご飯を食べると、誰だって幸せな顔になるでしょう？　日本に帰ってきた時、真っ先に柾さんはみんな難しい顔をしているなって思ったんだって。私は柾さんにたくさん笑顔にしてもらった。だから、今度は私が誰かを笑顔にする番なの。その場所を、みのりが与えてくれたんだもの」

　思いがけないゆたかの言葉に、みのりは茫然とする。それは、実家でふさぎ込んでいた時期のゆたかからは想像もできないものだった。

「お姉ちゃん、何だか、すごくたくましくなったね……」

「あの頃、色々と考えたからね。お母さんやみのりが、ずっと私のことを心配してくれていた。柾さんのほかにも、ちゃんと私のことを大切にしてくれる人がいるって気づいたら、急に申し訳ない気がして、しっかりしなきゃって。でも、どうしていいのか分からなかった。みのりが誘ってくれたのは、ちょうどそんな時だったの。家族ってやっぱりいいよね。いつも、味方でいてくれるんだから……」

　みのりはぎゅっとゆたかに抱き付いた。

「お姉ちゃん、私、ちょっと今、泣いちゃいそう……」

「もう。ティータイム営業が始まったら、泣いている暇なんてないんだからね。あっ、でも時々は交代で息抜きに外に出られるようにしようね。お茶とお菓子だけなら、みのりだって用意できるし、私もレジを覚えるから」

「そうだ、どうせなら、ディナータイムの開始を三十分早めて、五時からにしない？　そうしたら、エキナカ青年も仕事帰りに寄れるでしょう？」

「賛成！　きっと喜んでくれるわ」

チャイを飲み終えると、ゆたかはさっそく棚の料理本とタブレットを使って、参考になりそうなドリンクやお菓子のレシピを集め始めた。

翌日、さっそく姉妹は材料をそろえ、試作にとりかかった。みのりにとって、知らないハーブやスパイスを組み合わせる実験のようで楽しい仕事だ。

スパイスもハーブも日本人にはまだまだなじみがない。シナモンのように、すぐに香りを想像できるものもあるが、名前を聞いても、形も風味もまったく分からないものも多い。

ガス台の横には、色とりどりのスパイスやハーブが銀色の小鉢に入って並んでいる。粉にしたものも、そのままの形をしたものもある。子供の頃、絵本で読んだ魔女の部屋のようで、みのりは見ているだけで楽しくなる。きっと柾にスパイスを教えられたゆたかも、初めはこんな気持ちからのめりこんでいったに違いない。

温かいドリンクは、どれも簡単に用意でき、すぐに始められそうだった。

「無地のポストカード、買ってあったでしょ。メニューは可愛く手書きにしよう。ほら、こうすればかわいい」

ゆたかは昔から手先が器用で、絵心があった。十二色入りのサインペンを取り出すと、さらさらとイラスト入りのドリンクメニューを書き、厨房から持ってきたスティックシナモンや、クローブ、スターアニスを貼り付けた。テーブル六卓と、座敷、カウンター分を考えて、十枚作成することに決めると、残りをみのりに押し付けて、厨房に引き返す。

「私はこのままクッキーの試作をするから、みのりはメニューの作成、お願いね」

「はいはい」

今日も風が強く、窓のすりガラスは相変わらずカタカタと音を立てている。寒い日に、小さな店を温かくして、姉とそれぞれ作業に没頭する。こんな時間も悪くない。みのりは不器用な指先で、せっせと小さな実をポストカードに貼り付けた。

その夜は、前日以上に冷え込んだ。

日本列島が北からの空気にすっかり覆われ、神楽坂の街も体の芯まで凍えるほどに冷え切っている。おまけに、低い雲からは細かい雨までも降り出し、しっとりと冷気が体にまとわりつくような夜だ。

引き戸を開け、人通りのない路地にみのりはため息をつく。

「今夜も長い夜になりそう」

昨夜は、八時近くになってようやく最初の客が訪れた。みのりはゆたかとカウンターに料理雑誌を広げてメニューの相談中で、突然の来店に飛び上がるほど驚いたが、客のほうもきっとそうだったに違いない。慌てて雑誌を片付け、奥のテーブルに案内した。それから三組ほど来店したが、それきり客足はぱたりと途絶え、オープン以来、最低の売上となった。

「今夜も期待できないなぁ」

すっかり閑古鳥が鳴いていた昨夜の営業を思い出すと気が滅入る。

「明日は晴れるみたいだし、週末に期待しよう」

試作の後片付けを終え、すっかり夜営業の準備が整った厨房で、ゆたかがみのりを励ますように言う。しかし、みのりはふと不安に襲われた。

そんな悠長なことを言っていていいのか。日々の売上の積み重ねが、店を継続するための大切な資金となる。いくら、今後、鮫島周子のエッセイで話題になったとしても、それが一過性のものであれば、いつまで経っても安心などできないだろう。

やはり、どんな時でも通ってきてくれるような常連が欲しい。

最低限の売上を確保する努力は、何としても続けなくてはいけない。

「たとえ嵐でも、絶対に食べたいっていうメニューでもあればいいんだけどねぇ。こんな時こそ、周子先生が来てくれないかな。今日なら、思う存分お話ができるのに」

「今は忙しいらしいし、いくら近くても無理よ。それに、こんな天気の日に来てくれなんて言えるわけがないじゃない」

鮫島周子は、『スパイス・ボックス』の面する路地をさらに進んだ、住宅街の低層マンションに住んでいる。

「そういえば、みのり。『最新厨房通信』の発売日はいつだっけ?」

ふと、思い出したようにゆたかが訊ねる。

「毎月十五日」

間もなく発売となる新年特別号の周子のエッセイで、いよいよ『スパイス・ボックス』が紹介されるのだ。

「あと少し我慢すれば、お客さんがじゃんじゃん来る!」

「さすがに、発売日早々、それはないと思うけど……」

しかし、それを切に願う気持ちは、みのりもゆたかも同じだった。

その時、ガラガラと引き戸が開いた。ふいの来客に、みのりは一瞬茫然とし、慌てて「いらっしゃいませ」とカウンター席から立ち上がった。

入口に立っていたのは一人の女性だった。引き戸の横の傘立てに気づき、閉じた傘を差し込んでいるが、しっとりと濡れたコートやバッグを見れば、細かい氷雨には傘も役に立たなかったと見える。

見慣れた女性だった。いつもラストオーダー間際の時間に訪れ、カレーをテイクアウトして帰る。みのりは心得たようにカウンターに女性を案内し、メニューを広げた。

「今夜は、どうされますか」

カウンター席が空いていれば、テイクアウトの客にはそこで待ってもらい、料理ができるまで、飲み物をサービスすることにしている。

彼女のお気に入りはチキンカレーで、いつもロティと一緒に買っていく。やはり家が近所なのだろう。

彼女はチラリと後ろの誰もいないテーブル席を振り返り、「私だけですか……」と呟いた。

みのりはいたたまれない気持ちになって、「お恥ずかしながら、こんな天気のせいでサッパリです」と笑った。

彼女もつられてクスリと笑い、「実は、私、今日はお店でいただこうかと思って来たんです。でも、かえってご迷惑ですか？」

みのりは慌てて両手を振った。

「いいえ！　そんなことはありません。ぜひ、召し上がっていってください。当たり前ですけど、出来立てのほうがカレーも熱々で美味しいですし、ロティだって、焼き立てはパリッとして香りが違います。いつも、家に着く頃には蒸気でくたっとしていると思いますから」

「きっと、そうだと思ったんです。いつか出来立てを食べたいなって。今夜は仕事が早めに終わったので、またとない機会だって、神楽坂通りを急いで登ってきました」

そしたらこんなに、と彼女は苦笑しながら、湿ったコートを脱ぎ始める。思ったよりも濡れていたのか、慌ててハンカチを取り出した。

「すみません、椅子(いす)が濡れてしまいました」

「こちらこそ、うっかりしていました」

みのりが急いでタオルを差し出す。「どうぞ、こちらを使ってください。まずは、髪から。風邪(かぜ)でも引いたら大変です。それに、ハンカチじゃとても足りなそうです」

「ありがたくお借りします」

タオルを渡す時に触れた指先があまりにも冷え切っていた。それほど外は寒かったのだ。みのりはさりげなくエアコンの設定温度を上げる。ただでさえ、隙間風(すきまかぜ)も多い木造家屋はなかなか温まらない。

ふと、彼女の横に置かれた大きなバッグに視線が向いた。

「重そうな荷物ですね」

「ええ、まぁ、仕事道具です。教科書とか」

「教科書？」

　女性客の年齢はみのりと同じくらいで、コートの下の服も落ち着いたデザインのものだ。とても学生には見えない。

「もしかして、塾の先生？」

「いえ、中学校の教師です」

　女性は控えめに笑った。来店時間がいつも遅いため、教科書と聞いて学習塾の講師かと思ったが、中学教師とは意外だった。

「中学校の先生って、いつもあんなに帰りが遅いんですか」

「授業以外にも、何かと仕事が多いんです。しかも、私は三年生のクラス担任。受験生には特に気を遣います。これからが大切な時期ですから、本当に風邪なんて引いていられません」

　彼女は力なく笑った。

「確かに。風邪を引いて、生徒に感染しでもしたら大変ですね。保護者も怖そう……」

　みのりはぞっとした。受験生を担任しているなら、気の休まる暇もないだろう。みのり自身、高校や大学受験の前は、ささいな迷信にまで気を遣い、ひどく神経質になっていた。教師の仕事についてはよく知らないが、保護者や教育委員会の間で板挟みにされる教師の苦労は、何度となく耳にしたことがある。

「そう。怖いです。生徒や保護者はもちろん怖いですけど、それ以上に、自分のせいで何か失敗が起きたらいけないって、常にビクビクしています」

もう一度、彼女は笑った。その乾いた笑いが、隠しようもない疲れを表しているようで、みのりはなんとか元気づけたいと思ってしまう。

厨房から出てきたゆたかが濡れたタオルを受け取り、代わりに温かいおしぼりを手渡す。みのりとのやりとりをすっかり聞いていたようだ。

「今夜は、『スパイス・ボックス』のお料理で体の芯から温まってくださいね。せっかくだから、いつもとは違うものを召し上がりますか?」

ゆたかはカウンターの客に向かい、にっこりと微笑(ほほえ)んだ。

2

伊東友里恵(いとうゆりえ)はおしぼりを受け取り、カウンターに置かれたグラスからゆるりと湯気が立ち上っているのに気が付いた。

「あら」

「ホットジンジャーエールです。ちょっとショウガを追加して、シナモンも加えてあります。まずは、体を温めながらメニューを選んでいただければと思って」

友里恵は両手でグラスを包み込んだ。ぼってりとした厚いグラスは、程よく液体の熱を手のひらに伝え、まるで湯たんぽのように温かい。知らず、ほうとため息が漏れた。グラスを顔に近づけると、中に浮かんだレモンの爽やかな香りと、ショウガとシナモンのピリッとした刺激が鼻に抜けた。

温かいジンジャーエールなんて初めてだ。恐る恐る口を付けると、甘さとわずかな辛味のある温もりが喉を滑り落ちた。今度は体の底がじんわりと温かくなる。炭酸はほとんど抜けているが、気が抜けた感じがしないのは、ショウガとシナモンのせいだろうか。

「……美味しい」

気づけば、ため息のように言葉が漏れ出していた。

そばで見守っていたゆたかがほっとしたように表情を緩める。

「よかった。実は、まだ試作品なんです。あまりショウガと炭酸が強いと、湯気を吸い込んだだけで鼻と喉がピリピリして、むせそうになってしまって……」

「ちょっと、お姉ちゃん。そんな危険なもの、お客さんに出さないでよ」

「ごめんなさい。でも、私も飲んでみて、今回はいけるって思ったんだよ」

二人の物騒なやりとりを聞き、友里恵は吹き出した。

「大丈夫。本当に美味しいですから。鼻も喉もピリピリしません。ところで、お二人は姉妹なんですか？」

「はい。コックコートを着ているのが姉のゆたか、料理ができない私は妹のみのりです。それよりも、ジンジャーエール、無理することないですからね。姉は、いろんな配合を面白がる傾向があって、困ったものです」

なおも疑わしげな妹のほうに、友里恵はもう一度、ジンジャーエールをグビリと飲んで見せる。「うん、美味しいです」

「ほらね」

「……なら、いいけど」

満足そうに頷く姉と、口を尖らせた妹に、友里恵はまたおかしくなって笑ってしまった。

妹がジーンズにエプロンというラフな格好をしているのに対し、姉のほうはレストランのシェフのようなコックコートだ。しかも、かなりサイズが大きいようで、上着の袖を何度も折り返している。テイクアウトで通ううち、女性二人が切り盛りする店だと知ってはいたが、姉妹だったのだ。そういえば、目元のあたりが似ている気がする。雰囲気はずいぶん違うけれど。

姉妹一緒に働いているなんて、何だか楽しそうだ。どういう経緯でこういうことになったのだろう。友里恵は、ゆっくりとジンジャーエールを味わいながら思いを巡らせる。

『スパイス・ボックス』は、確か秋の初めに開店したばかりだ。毎日、通勤途中に横を通りながら、どんな店ができるのかと楽しみにしていたので、よく覚えていた。

もともとどこかでやっていた店を、古民家カフェが閉店したのを知り、移転してきたのだろうか。それとも、新たにこの場所で店を開くことにしたのか。

見たところ、姉妹は自分とそう変わらない三十代のようだ。とりわけ若くもないが、年をとり過ぎてもいない。脱サラ？　転職？　三十を過ぎれば、誰しも何度かはこのままでいいのかと、先の人生を考える。

生徒たちに進路について語る時、友里恵はいつも、一本の長いレールを思い浮かべる。友里恵の勤める中学校では、ほぼすべての生徒が当たり前のように高校を受験する。そして、おそらく大学受験、就職活動を経て、社会に出る。時間は確実に進み、まるで押し出されるようにして前に進まねばならない。まだ十数年しか生きていない彼らが、この先何十年も続く人生の、最初の大きな転換期を乗り越えなければならないのだ。それも、自分の実力で。その上、自らつかみとった未来でも、けっして安泰とは限らない。就職してからも、何度も転換期はある。目の前の二人もそんな経験をして、姉妹で店をやるという結論に至ったのだろうか。

「お決まりですか」

気が付けば、メニューよりも姉妹のことを考えていた。本当に悪い癖だ。進路指導に携わるばかりに、ふとしたことで、この人は自分の仕事に満足しているのかとか、ずっと同じ会社に勤務しているのかとか、そんなことが気になってしまう。多くの人の人生のサンプル、そんなものを集めて、安心したいのかもしれない。

もちろん生徒たちに、受験がうまくいったとしてもその先の人生が安泰とは言えないと伝えるつもりはないし、転職が当たり前の世の中だと、夢も希望もない話をしようとも思わない。ただ、ひたむきに頑張る生徒たちは、いったい何を目指しているのかと、ふと疑問に思うことがあるだけだ。

でもそんな考えは、受験生を受け持つ教師にはふさわしくない。友里恵はきちんと自分の役割も理解している。先には必ず希望があることを疑わせず、最大限生徒たちの相談に乗り、応援するだけだ。

「テイクアウトだと、いつもコレって思い定めてきますから、迷わないんですけど、こうやってたくさんのメニューを前にすると、ちょっと困ってしまいます」

友里恵は迷っているそぶりで笑った。

「シュークルートって、何ですか?」

「アルザスの料理です。酸味のある発酵キャベツと、ソーセージや豚肉の煮込みで、たっぷり粒マスタードを添えてお出しししています」

「へぇ。あっ、タジンって、確か、モロッコの……」

「よくご存じですね。蒸し料理です」

横を通ると、いつも香辛料の香りが漂っていた。てっきりちょっとオシャレなインド料理店だと思っていた友里恵は、カレーを食べるためにここを訪れていた。つまり、他のメニューは眼中になかったのだ。

「もしかして、ここをカレー屋だと思っていたでしょう」

図星を指され、友里恵はうろたえた。

「ええ、実は。だって、ここのチキンカレーがあまりにも美味しいから……」

「それは否定しません。姉が一番好きなのも、インド料理ですから」

みのりも一緒になって笑った。

友里恵はパタンとメニューを閉じる。

「……今日も、チキンカレーを食べようと思って来たんです。でも、それじゃあ、ちょっとつまらないですよね。せっかくだから、おすすめをいただきます」

「出来立てのカレーは、いいんですか？」

みのりがくすっと笑い、友里恵も笑った。

「そんなことを言われたら、やっぱりカレーが食べたくなっちゃうじゃないですか。でも、違うお料理にもチャレンジしてみたいんです」

「かしこまりました」

みのりはもう一度メニューを広げ、迷うことなくタジン料理を示した。

「ケフタタジン。ミートボールを、スパイスとトマトのソースで煮込んだ料理です。焼きたてのロティと一緒にいかがですか」

「いただきます」

初めての料理だ。友里恵は期待を膨らませて頷いた。

カレーはまた食べればいい。いつもカレーが食べたくて、いや、カレーを食べなくてはダメだという時に、この店に来ていた。香りに誘われて足が向いてしまうのだ。

一度食べてみて、すっかり気に入った。ここのカレーはとてもクリーミーだ。その上、たっぷりと量がある。一緒にテイクアウトするロティではカレーが余ってしまい、冷凍庫のごはんを解凍して入れてしまう。それがテイクアウトの良さでもあるが、食べ過ぎたなぁといつも後悔する。

そもそも、閉店時間に近い深夜にカレーを買うのは止めるべきなのだ。けれど、疲れた体がカレーを欲している。『スパイス・ボックス』のクリーミーで濃厚なチキンカレーを。

一度でもここのカレーを思い浮かべると、昼間からカレーのことで頭がいっぱいになる。

もちろんカレーだけでいっぱいなわけではない。自分が担任する三十二人の生徒のことは、どんな時も頭の中、いや、体中に重くのしかかっていて、ひと時も思考が休まることはない。友里恵は、熱心に生徒に向き合う。それは同時に、保護者と向き合うことでもある。今や親は子供と一心同体のような存在で、何でも口を出す分、生徒よりもずっと厄介だ。

　友里恵は残っていたジンジャーエールを飲み干すと、ふうと重いため息をついた。

　昨年の春、二年生の担任となった。クラス替えはあったものの、そのまま繰り上がって、今年は三年生の担任をしている。実は、その前もそうだった。三年生を送り出し、寂しさよりもようやく肩の荷が下りたとほっとしていた矢先に告げられたのは、二年生のクラス担任だった。一年後には、また受験生を受け持つのかと思うと、新入生と一緒に頑張ろうと意気込んでいた気持ちが急速に萎(な)えた。

　どうして私ばっかり。これまで、友里恵の勤務する学校では、三年生を送り出した教師は、次は一年生を任されることになっていた。そこそこのベテランで、特に問題も起こしたことのない友里恵は、きっと信頼されているに違いない。けれど、受験生を受け持つたびに蓄積される疲労感だけが意識に強く刷り込まれていて、とても喜ぶことなどできなかった。

　一年間などあっという間である。授業と、それよりもずっと多い雑務や部活動の顧問としての時間に追われ、瞬(また)く間に過ぎていく。そして、もっとも神経を使う受験生の担任に繰り上がる。気が重いが、子供たちの将来に関(かか)わる大切な時期を任せられるのだと、自分の気持ちを鼓舞するしかない。

　しかし、それも嘘(うそ)ではないのだ。生徒に頼りにされ、一緒になって悩み、やがて門出を見送る。卒業式では、生徒と手を取り合って涙を流す。そんな教師を目指し、青臭い青春時代を何度も経験できるやりがいのある仕事だと思って、この道を志したのは紛れもなく友里恵自身だ。

しかし、やりがいが大きい反面、思いのほか雑事も多い教師の仕事に疲弊してしまっているのもまた事実だった。学級担任と、国語の教科担任四クラス。今では、授業の準備すら十分に時間が取れない。どちらかというと、担任する生徒の進学に関わる書類作成に時間を取られ、そちらのほうが大切だと割り切ってしまっている。

日々、疲れる。もちろん、生徒の前や、同じように疲れ切っている同僚の前でそんなことは言えない。言っても愚痴になるだけで、何の改善にもならない。

だから、カレーを食べるのだ。

明日から、また頑張るために。疲れた顔など、生徒に見せないために。

頼りがいのある先生でいるために。

カレーは、子供の頃、母親がここぞという時に作ってくれた料理だった。

明日から学校が始まる日曜日の夜。運動会の前。受験勉強中。そして、東京の大学に合格し、実家を出る前の夜。きっと母親は、幼い頃にカレーを喜んで頬張る友里恵を見て、すっかり好物だと決め込んで、ここいちばんの時に作ってくれるようになったのだろう。

しかし、友里恵にとっては、カレーの味よりも、その時々の情景のほうが強く記憶に刻まれていて、心が弱った時にたまらなくカレーを食べたくなる。母親がそっと背中を押してくれる気がするからだ。カレーには、友里恵を思う愛情が溶け込んでいた。

母親は、三年前に病気で亡くなった。だから、カレーを思う時、どこか切ないような懐かしさを感じてしまう。

しばらくして、タジン鍋が運ばれてきた。

知ってはいたが、目の前で見るのは初めてだった。蓋がすらりと上に伸び、インテリアにもなりそうなかわいい形である。

蓋を開けると、もわっと白い湯気と一緒に、甘酸っぱいトマトとちょっぴり不思議な香りが溢れ出した。きっと、これがスパイスの香りなのだろう。友里恵は、思いっきり吸い込んだ。蓋を外せば、タジン鍋はちょっと深みのある丸い皿のようだ。トマトソースの中にゴロゴロとミートボールが転がり、真ん中に卵が落とされていた。上に散らばった、濃い緑の葉は、どうやら刻まれたコリアンダーだ。複雑な香りのひとつは、これだったかと納得する。

タジンを観察している間に、ロティも運ばれてきた。香ばしい小麦の香り。確かに、テイクアウトしたものとは違って、明らかにふちがパリッとしている。

「卵を崩して、ロティと一緒に食べると美味しいですよ」

みのりがにこっと笑い、厨房に戻る。ほかに客のいない店内では仕事もないようで、姉と新しいメニューの相談でもしているようだ。

友里恵はロティをちぎろうとして、思わず指を離した。焼き立てはこんなに熱々だったのだ。もう一度注意深くはじっこをつまみ、ひと口大にすると、まずはトマトソースをすくって口に入れた。

よく知っているトマトソースよりもずっと濃厚だった。酸味と甘み、ミートボールから出たうま味がとろりとした中に凝縮されている。やわらかい卵を崩して、軽くまぜる。金色の黄身がもったりとソースに流れ、店内の照明に輝いた。今度はそこにロティを浸す。ソースの濃さがほどよく中和され、じゅわりと口の中に広がった。

美味しい。カレー以外にも、こんなに美味しい料理がここにあったんだ。

友里恵は軽い感動を覚えた。ミートボールの、牛肉のぎゅっとした食感を嚙みしめると、やっぱり複雑な味わいがして、ここにもスパイスが使われていることが分かった。ふうふうと冷ましながら、夢中になってあっという間に食べきった。

残ったロティで、鍋のトマトソースをすくっていると、「ロティのおかわりはいかがですか」と、みのりがやってきた。友里恵はちょっと考えて、首を振った。

「もう十分です。いえ、本当は、もっと食べたいんですけど、さすがに食べ過ぎなのでやめておきます。あっ、そうだ。チャイは、ありますか」

お腹はいっぱいだった。けれど、すっかり体は温まり、異国めいた香りの染みついたこの店の居心地があまりにも良すぎて、まだ帰りたくなかった。ふと窓を見れば、すりガラスでも分かるほどに結露している。蒸し料理で店内の湿度が上がったのかもしれないが、それ以上に外が冷え込んでいるのだろう。

チャイは、家でテイクアウトのカレーを食べている時から、いつかは飲んでみたいと思っていた。これだけカレーが美味しいのなら、カフェで飲むのとは違う、本格的なチャイが飲めるのではないかと思ったのだ。今のタジンで、ますますその思いが強くなった。何のスパイスが使われているのかさっぱり分からないが、食べ慣れない複雑な味わい。ここならば、きっと美味しいチャイが飲める。

厨房ではチャイの準備をしているようで、みのりが空いた皿を下げに来た。

「いかがでしたか。カレー以外の料理は」

「美味しくてびっくりしました。あれ、何の味なんですか？　複雑すぎて……」

みのりはチラリと厨房を見た。

「ミートボールにも、トマトソースにも、たっぷりクミンとパプリカのパウダーが入っています。クミンには消化を助ける働きがあるので、お肉と合わせることが多いそうです。特に、牛肉や羊肉と相性がいいみたいですよ」

「えっ、風味付けとかじゃなくて、そういうことなんですか？」

みのりはちょっと困ったように笑った。

「きっと両方なんでしょう。実は私もまだ勉強中で、全部、姉の受け売りです。タジンはウチのイチ押しメニューなんです。だから覚えろってうるさくて。あっ、コリアンダーは大丈夫でした？」

飾りに散らしただけではなく、ミートボールにも刻んだものが混ぜられていたことに友里恵も気づいたが、別段、苦手なわけではない。

「苦手な方もいるから、最初に『平気ですか？』なんて聞くお店も多いですよね。でも、姉が、ここでは絶対にそれはしないって。コリアンダーを使う料理は、そうしなければいけない必然性があるそうです。変なところ、頑固なんですよね」

「職人っぽいんですね、お姉さん」

「そうかもしれません。知っていますか？　すぐご近所の『手打ち蕎麦　坂上』。あそこの偏屈っぽい大将とも、姉は真っ先に打ち解けたんです。そうか、職人っぽいところが似ているのか……」

「何を笑っているの？」

後ろからの声に、みのりは慌てて振り向いた。

チャイのカップを持ったゆたかが立っていた。うろたえたみのりが面白くて、友里恵はまた笑った。

「お好みでお砂糖をお使いください。おすすめは、断然、甘いチャイです」

ほわりとカップから上がる蒸気が優しく頬を撫でる。そのままでも甘い香りがあって、すでに砂糖が入っているのかと思ったほどだ。今まで感じたことのない香り。それなのに、「甘い」と認識していることが不思議だった。

まずは、そのまま口を付けてみる。感じるのは、ミルクの甘味だけだ。そして、複雑な味が舌の上に広がる。

「香りは甘いのに……」

思わず呟くと、ゆたかが微笑んだ。

「カルダモンです。とっても爽やかな甘い香りで、その上品な香りから、スパイスの女王とも呼ばれています。消化促進の働きがありますから、食後の茶にはぴったりなんですよ」

なるほどと思った。ケフタタジンのクミンも、消化を助けると言っていた。スパイス料理は、美味しいだけでなく、そういうものでもあったのかと納得する。

カルダモン。友里恵は小さく繰り返した。見たこともない。

「スパイスには、いろんな働きがあるんですね……」

「スパイスは、インドのアーユルヴェーダや、中国の漢方でも使われています。そうやって、昔の人々は食べ物で体を整えていたんでしょうね。甘いチャイが好まれるのも、糖分が疲れを取って幸せな気持ちにしてくれるからかもしれません」

友里恵は添えられたスティックの砂糖をサラサラとカップに入れた。いつもは糖分を気にして、コーヒーにもミルクしか入れない。ためらいもなく砂糖を使い切った自分に驚いた。やっぱり、疲れているのかもしれない。

ゆっくりと金色のスプーンでチャイをかき混ぜる。うっすらと膜が張りかけているのは、それだけミルクもたっぷり入っているということだ。

「さっきおっしゃったカルダモンのほかには、どんなスパイスが入っているんですか？」

「お店によって違うと思いますけど、私はカルダモン、シナモン、クローブを使います」

厨房に戻ったゆたかが、すぐに小皿を持って戻ってきた。上には、シナモンスティックと、淡い緑色の粒、それよりもやや小さい、枝にも種にも見えるものがのっていた。

「こっちが、先ほどお話ししたカルダモンです。一見、グリーンの干しブドウみたいですけど、甘い香りとは裏腹に、かじるとかなり強烈な風味があります。シナモンは分かりますよね？　最後のひとつは、クローブです。こちらも甘い香りがあって、やっぱり胃腸にいいと言われています。体を温める効果もありますから、冬にはぴったりですよね」

「なんだか面白いです。見た目も、味や風味も見慣れないものばかり。おまけにそれぞれ効能があるなんて、もっともっと知りたくなっちゃう」

「さすが、学校の先生！　探求心が旺盛！　マニアックな姉といい勝負」

みのりが心底感心したように声を上げる。

「だって、面白いじゃないですか」

「そうだ、お姉ちゃん。せっかくだから、アレもお出ししたら？」

「アレ？」

友里恵は首を傾げた。

厨房に戻ったゆたかは、再び皿を持って戻ってきた。

「これもまだ試作品なんですけど、スパイスを使ったクッキーです。ジンジャーブレッドってご存じですか？　ヨーロッパのほうでは、クリスマスになると各国でスパイスを使ったクッキーやケーキが作られるんです。もうすぐクリスマスですし、ここでもやってみようかって」

「いただいていいんですか？」

「もちろん。ぜひ、感想を聞かせてください」

友里恵は一枚つまんで、端っこをかじった。薄いが、ザクッとしっかりした噛み応えがあった。よく焼いてある。しかし、固いと感じたのは最初だけで、口の中でほろりとほどけた。ジンジャーブレッドと言いながらも、ジンジャーかどうかも分からない複雑な味わいが広がる。辛いほどではないが、わずかにピリッとした刺激がある。鼻にまで抜ける甘い香りは、さきほどつまんでみたカルダモンやクローブのような気もする。

パサついた口内を洗い流すようにチャイをすすった。チャイも甘いのに、後味がすっきりと感じられるのも、スパイスの効果なのか。

「美味しいです。チャイにもよく合います」

「よかった。じゃあ、ジンジャーブレッドは商品化決定ね」

自分の感想など参考にならないだろうと友里恵は戸惑いながらも、興味を引かれて訊ねた。

「ほかにも、何か考えていらっしゃるんですか」

「実は、ティータイムの営業を考えているんです。ホットドリンクと、クリスマスシーズンにちなんだお菓子を少々。この季節、西欧のお菓子にはスパイスを使ったものが多いですから」

「どうして、クリスマスにスパイスなんですか？」

日本でクリスマスのお菓子といえば、真っ白な生クリームに苺を飾ったケーキや、ブッシュ・ド・ノエルを真っ先に思い浮かべる。

「イギリスのミンスパイやクリスマスプディング、フランスのパンデピスやベラヴェッカ、ドイツのレープクーヘン。スパイスだけではなく、ナッツやドライフルーツを使った、日本の華やかなケーキとは正反対のお菓子が、西欧のクリスマスにはたくさんあります」

聞き慣れない単語をすらすらと口にするゆたかに驚く友里恵に、みのりがそっと壁の本棚を示す。ぎっしりと、スパイスや料理に関わるような本が詰まっていた。ようやくマニアックと言っていた意味に納得する。

「この前、妹にも宿題を出したんですが……」と、チラリと妹に視線をやりながら、ゆたかは続けた。

「たぶん、色々な意味があると思います。保存性を高めること、寒さの厳しいヨーロッパで、スパイスの効いたお菓子は体を温める効果もあったということ、でも、それ以上に私が重要だと考えるのは、かつてスパイスはとても高価で、貴重なものだったということです」

みのりがあっという顔をし、友里恵もなんとなく想像がついた。そもそも、スパイスの原産国は、大半が東南アジアだからだ。

「ずっと昔、危険を冒して西欧に運ばれ、王族や貴族にしか手に入らなかったスパイスが、インドや東南アジアの植民地化を経て、次第にヨーロッパでも普及していきました。でも、普通の家庭でもたやすく手に入るようになるのは、ずっと先のことだったのではないかと思います。だからこそ、キリストの生誕を祝うお祭りの時ならばと、貴重なスパイスを使ったお料理やお菓子を作ったのでしょうね。風味がよくなるだけでなく、何よりも美味しい。もしかしたら、ふんだんにスパイスを使うことが贅沢（ぜいたく）の証（あか）しだったのかもしれません。今はスパイスなんてどこでも簡単に手に入るから、過去の経緯を知らなければ、まったく想像もできませんよね。でも、しっかりと伝統として、今もそれらのお菓子が受け継がれているのは、とても素晴らしいことだと思うんです」

「そっか、そういうことか」

みのりがしきりに頷いていて、友里恵もストンと腑に落ちた。

「みのりはこの前、クリスマスはキリスト教のお祭りで、スパイスの原産国のほとんどはそれ以外の宗教だって言ってたでしょう？　つまり、スパイスがもたらされた地域で、どんな文化が花開いたかってことだと思うの。スパイスもまた、世界を巡っているのよ。でも、かつてスパイスのために植民地化され、それを奪われた国の人々にとっては、悲惨な歴史だったわけだから、ちょっと複雑でもあるんだけどね」

「……そうだね。でも、日本ではクリスマスはすっかりイベントのひとつだもの。お菓子でスパイスを楽しんでもらういいチャンスじゃない」

「奥が深いですねぇ」

姉妹の会話を聞き、友里恵はしみじみと呟いた。

「本当に、奥深い世界です。知れば知るほど、興味がわきます。でも、私は単なる料理人ですから、スパイスを使った料理を楽しんで、それを食べたお客さんにも喜んでもらいたいだけです。ほら、そうすればお互いにハッピーです。そのために、スパイスを理解しようとしているだけ。でも、そんなのはどの仕事だって同じでしょう？　それぞれ専門が違う。それだけです」

ゆたかがにっこりと笑う。優しげな表情に隠された芯の強さを感じ取り、友里恵ははっと胸を突かれるものがあった。

そうだ。自分で選んだ仕事ならば、最大限の努力をしなくてはならない。もちろん、努力をしていないわけではないけれど、もっと色々な方法があるのではないか。ただ、生徒の希望を聞き、相談に乗り、最適解を与えるだけではなく、時には別の方法で、繊細な生徒たちに向き合うこともできるのではないか。そう、今夜、スパイスの様々な働きを教えられたように。

ぬるくなったチャイのカップを、友里恵は両手で包み持つ。最初はふうふうと息を吹きかけなければ口を付けられなかったほどの熱は、スパイスの余韻と一緒に体の中にすっかり取り込まれている。そして、今はゆっくりと全身を巡っている。

「何だか、お店に来た時と顔つきが変わりましたね」

みのりが言い、友里恵は思わず右手を頬に当てた。てのひらも、頬も温かかった。

「寒かったせいもあると思いますけど、顔色も青白くて、こわばっていましたもん」

「スパイスの香りには、リラックス効果もあると言いますから」

確かにそうかもしれない。友里恵は張りつめていた肩や背中からも力が抜けているような気がした。

「……今夜は、よく眠れそうです」

「そういう時は、よけいなことは考えず、ゆっくり休んでください」

常に微笑みを浮かべたような優しげなゆたかの表情は、友里恵の気持ちを和ませてくれる。いや、優しいだけでなく、客をいたわるような言葉や振る舞いは、そのまま彼女が作った料理にもはっきりと表れていた。だから、くたびれた時にどうしようもなくここのカレーが食べたくなったのだ。ふいに母親の顔を思い出し、友里恵は思わず涙ぐみそうになる。

「どうしました？」

変わらず、いたわりに満ちた表情と口調で、ゆたかが問いかける。

友里恵は、勢いよく顔を上げた。

「いいえ。何でも。やっぱり今夜はここで食事をしてよかったなって思ったんです」

「え？」

「家で食べても美味しいことに変わりはありませんけど、こうしてお店の方とお話しするのって、何にも代えがたいことですよね。それに、いつもとは違って、気持ちのゆとりができたというか……。ほんのわずかでも、職場や家とは違う場所で過ごすのが、こんなにいい気分転換になるなんて思いませんでした。すぐそこはアパートなのに……」

姉妹は顔を見合わせると、友里恵に微笑んだ。

「たとえお店でも、自分のために誰かが作ってくれた料理には思いがこもっていますから、きっと元気も出るんです。そう思っていただけて、私も嬉しいです」

「ご馳走様でした！　また来ます。できれば、テイクアウトではなく、ちゃんとお店で食べられる時間に」

この姉妹ともっと話がしたい。だから頑張ろう。疲れるのは仕方がない。それだけ真剣に仕事に向き合っているということなのだ。くたくたになるまで頑張って、そして、ここで温かい料理を食べよう。ここの料理もまた、友里恵に何か決意のような強さを与えてくれる。母が作ってくれたカレーのように。

ケフタタジンとロティの会計を済ませて外に出ると、冷たい夜の空気にまだ細かな雨が煙るように混ざっていた。

「本当に、ジンジャーエールやチャイの分はよかったんですか？」

「もちろん。最初のドリンクはサービスですし、ジンジャーブレッドとチャイの相性の感想が聞きたかったんです」

「そうそう。こんな夜に来てくれただけでも、ありがたいお客さんですもん。姉の蘊蓄にも付き合っていただいたし」

ゆたかに肘で小突かれ、みのりが小さく舌を出す。

黒く濡れた路面には、ゆらゆらと街灯の明かりが映り込んでいた。友里恵は白い息を吐きながら傘を開き、姉妹に軽く頭を下げて路地の奥へと歩き出そうとした。

「あっ、お客さん」

みのりに呼び止められて、友里恵は驚いて振り向いた。

「この路地、舗装が悪くて、そこら中に水たまりがあるから、気を付けてくださいね！」

友里恵は笑って頷いた。『スパイス・ボックス』がオープンする何年も前から、この街で暮らしているのだ。そんなことはよほど自分のほうが知っている。

「ありがとう、気を付けます！」

友里恵も声を張り上げた。それから少し迷って「友里恵です。伊東友里恵。今度、必ずまた伺います」と手を振った。

いい店ができたな。

雨は降り続いている。友里恵は、弾むような足取りで濡れた夜道を歩き出した。

3

『最新厨房通信』最新号が発売された。鮫島周子の連載エッセイの舞台は『スパイス・ボックス』である。

発売日に書店に走ったみのりは、さっそくそのページを開いた。

『神楽坂は毘沙門天にほど近い路地の奥の奥、この地に似つかわしくない異国の香りに引かれ、吸い寄せられるようにたどり着いたのは、世にも珍しいスパイス料理店だった』と始まるエッセイには、鮫島周子が大絶賛するタジン料理のほか、イギリス留学時代の思い出を刺激されたとして、インド料理も紹介されていた。

読んだとたん、ゆたかは涙を浮かべた。どこかノスタルジックに語られる味の記憶が、今は亡き夫との思い出につながったのかもしれない。

エッセイの反響もあって、それ以降はこれまでにないほどの忙しさとなった。タジン料理に飛ぶように注文が入り、まざまざと周子の人気に圧倒された。

出版社時代の知人たちからは、「見たよ」「よかったね」「今度行くよ」と次々にメッセージが届く。ＳＮＳやネット上での情報が多い世の中とはいえ、さすがは常に飲食業界の最先端を特集してきた『最新厨房通信』である。まだまだ影響力は大きいのだと、みのりは改めて驚かされた。

みのりはお礼のために周子に連絡し、このところの店の盛況ぶりを伝えた。周子は喜んでくれ、その日の夕方ふらりと店を訪れた。

「あら。てっきり休憩中かと思ったけど、営業しているの？」

そう思っても、引き戸を開けてみるのが周子である。

時刻は十六時を回ったところで、奥のテーブルで二人組がお茶を飲んでいるだけだった。みのりは小声で応える。

「先日からティータイム営業を始めたんです。正直を言うと、少しでも売上が欲しいですから」

「大切なことよ。資金がなければ、新しいことをやりたくても始められないじゃない。貪欲(どんよく)なのは、嫌いじゃないわ。実際、私もそうだしね」

周子は笑いながら片目をつぶった。

「つまり、貪欲に仕事をしている私は、またハーブティーとクッキーがあればいただきたいなと思って寄ったのだけど、ある?」

以前、ゆたかが試作したローズマリーのハーブティーと、黒胡椒(くろこしょう)のクッキーを差し入れしたことがあった。今では商品化され、レジの横の棚に並べられたそれらを、周子はすっかり気に入ってくれている。

「ありますけど、今はこちらもおすすめです」

かわいらしくラッピングされたジンジャーブレッドを周子に見せる。

「ああそうか、クリスマスだものね」

「残念ながら、ミンスパイはありませんけど」

「懐かしいわねぇ、ミンスパイ」

イギリス留学を思い出したのか、周子は目を細めると、ゆたかを手招いた。

「ねえ、じゃあ、リクエストしてもいい？　イギリスにいた時、大好きだったスパイスケーキがあるのよ」

話を聞いたゆたかは大きく頷いた。

「作ってみます。美味しくできたら、すぐにみのりに届けさせます」

「やった！　これでまた仕事を頑張れるわ！」

せっかく来たのだからと、周子はカウンターでグリューワインを飲むと、お気に入りの品と、ジンジャーブレッドをテイクアウトして慌ただしく帰っていった。きっと忙しい合間に足を運んでくれたのだろう。


それからおよそ十日が過ぎた。

JR飯田橋駅を出たゆたかとみのりは、朝日にやわらかく包まれた神楽坂通りの坂を上っていた。空気は冷えていて、自分の吐息が目の前で白く広がって淡い光に拡散する。

ひときわ大きな白い息を吐き出したのはみのりだった。盛大なあくびをしたのだ。

「眠い……」

クリスマス・イヴの昨夜は、思いのほか客が訪れて、『スパイス・ボックス』は盛況だった。はたして、クリスマスだからとスパイス料理店が賑(にぎ)わうのか。初めて迎える国民的イベントに、焦燥感に駆られていた姉妹だったが、どうやら心配は杞憂(きゆう)だったことに胸をなでおろした。

しかも、その大半は店の近所に住む常連や顔なじみの客ばかりだったので、テーブルの境なく遅くまで盛り上がり、最後はゆたかとみのりも「閉店時間は過ぎたんだから、いいだろう」とすっかり巻き込まれた。おかげで終電を逃し、浅草橋のアパートまでタクシーを使う羽目になってしまった。寝不足のあげく、二日酔いだ。頭は痛むが、気持ちは昨夜の興奮を引きずって晴れ晴れとしている。とても楽しい夜だった。

昨夜、午後五時のディナータイムの始まりと同時に扉を開いたのは、なんと二軒隣りの蕎麦屋、『手打ち蕎麦　坂上』の大将だった。女将(おかみ)さんも一緒である。

「あれぇ、大将。お店はいいんですか」

「今日は昼で店じまいだ。毎年、クリスマスの夜はめっきり客足が途絶える。どうせ、数日後には大忙しだ。潔く昼で店を閉めることにしたのさ」と、さっさとお気に入りのカウンターのすぐ後ろのテーブルを陣取った。

「ああ、そうか。年越し蕎麦ですね」

みのりは納得した。大晦日(おおみそか)には蕎麦屋に客が押し寄せる。

「開店と同時に、夜までひっきりなしなのよ。毎年、その日だけは娘を呼んで手伝ってもらうの」

大将の向かいに座った女将さんが上品に微笑む。『手打ち蕎麦　坂上』がカレー南蛮(なんばん)を始めたあと、大将は妻の美沙子を『スパイス・ボックス』に連れてきてくれた。

「年越し蕎麦は蕎麦屋にとって一大勝負だからな。これに納得できなきゃ、うかうか年を越せねぇよ」

大将が笑う。この日は持ち帰り用の蕎麦の販売もしていて、数日前から寝る間も惜しんで蕎麦を打ち続けるという。売れば売れただけ売上高に跳ね返るのだから、気合の入り方が違う。みのりとゆたかは、数日後に迫った大戦に向けて、いかにも気力をみなぎらせている大将の顔を、なかば羨むような気持ちで眺めた。

「そうそう、見たわよ、『最新厨房通信』。鮫島先生に取り上げてもらうなんて、すごいじゃないの」

「ご覧になったんですか」

美沙子は頷いた。雑誌を毎号買っていると聞いて、みのりはさらに驚いた。

「鮫島先生が認めたんだもん、繁盛は間違いなしよ。先生目当てのお客も間違いなく来るからね」

美沙子は力強く言う。

生まれも育ちも神楽坂の鮫島周子は、地元民からも愛されている。顔を知られているだけあって、立ち寄る先で大歓迎されるらしい。ちなみに、『手打ち蕎麦　坂上』にも何度か来ているそうだ。

「もう、本当にありがたいです。これこそ、何よりのクリスマスプレゼントだねって、姉と喜んでいるんです」

二人は、心からそう思った。

イヴの日は、雑誌の影響だけでなく、ふだんからよく見かける客の来店も多かった。昼間からほとんど満席の状態で、ランチタイムが終わるといったんは落ち着いたものの、五時前から再び来店が続いた。エキナカ青年もその一人で、「クリスマスにアパートで一人、侘しい夕食なんて寂しいですもん。まぁ、どうせいつもここでカレー、食べているんですけどね」と笑った。

そのあとは『坂上』の大将の号令で、神楽坂商店街の果物屋や傘屋の店主など、たいてい午後七時で店を閉めた地域の名だたるメンバーが集まった。

どうやら、大将のカレー嫌いを知らぬ者はいなかったらしく、『坂上』の新メニュー、カレー南蛮蕎麦のきっかけを『スパイス・ボックス』の姉妹が作ったということで話題になったらしい。カレー南蛮はすっかり人気メニューとなっているから面白いものだ。

高齢のご近所さんたちで賑わう店内に、思わず「寄合会場かよ……」と呟いたみのりも、数時間後にはすっかりその仲間に加わっていた。

毘沙門天の赤い門が見えてきたあたりで神楽坂通りを左に曲がって路地に入る。朝の冷たい空気に、濃い鰹節の香りが混じっている。

「大将、今朝も早くから頑張っているね。昨日はあれだけ飲んでいたのにねぇ」

ゆたかが心底感心したような声を白い息とともに吐き出した。

「あれくらいの年齢の人ってさ、私たちと鍛え方が違うんだよ。根性論で育ってきたタイプ」

「う〜ん、まぁ、家も近いしね」

「羨ましき住居兼店舗！　私たちも頑張りますか！」

「みのり、さすがに神楽坂でそれは難しいんじゃない？」

まだ暖簾の出ていない『手打ち蕎麦　坂上』の前を通過し、『スパイス・ボックス』が見えてくる。夜の間に一雨降ったのか、でこぼこのアスファルトに水たまりができているのに気づいたみのりは、鍵を開けているゆたかの背中をつついた。

「ねえ、お姉ちゃん。そういえば、あれから来ないね、中学教師」

「そういえばそうね」

引き戸を開くと、昨夜の喧騒がそのまま詰まったような籠った空気がどっと溢れ出してきて、しばらく全開にして換気をすることにした。スパイスやハーブ類の乾燥した枯れ木のような香りとも混じり合い、二日酔いの二人にはちょっときつい。

換気扇のスイッチを押しながら、ゆたかが思いついたように言った。

「受験生にとっては、勝負の冬休み目前だし、忙しかったんじゃないかな。今日あたり、来てくれる気がするわ」

伊東友里恵が店を訪れたのは、その日の夕方六時を回った頃だった。

相変わらず重そうなバッグを肩から下げ、疲れた顔を隠すようにうなだれて入ってきたのだが、パッと顔を上げると目を輝かせた。

「いいにおい！　あらら、今夜は満席ですか？」

六卓あるテーブルはすでに埋まっていた。最近では、奥まった座敷も使うようになり、隠すように置かれていた衝立(ついたて)は片付けてある。

「いらっしゃいませ。大丈夫です！　カウンター席はいかがですか」

「はい、じゃあ、カウンターで」

ちょっと高めの椅子に座った友里恵は、チラリと背後を振り返ったあと、受け取った荷物を足元の籠に入れているみのりに小声で訊ねた。

「この時間って、いつもこんなに混んでいるんですか？」

友里恵が訪れるのは、たいてい閉店間際の時間だった。前回食事をした夜は小雨の降る寒さの厳しい晩で、いっこうにほかの客が訪れなかったのだ。てっきり暇な店だと思われていても無理はない。

「実は、料理雑誌で紹介されたんです」

「ええっ、すごいじゃないですか」

みのりは本棚にページを開いたままの状態で立ててあった『最新厨房通信』を持ってきて、友里恵に見せた。

「あっ、知っています。鮫島周子。へぇ、こんなエッセイも書いていたんですね」

さっそく目を通した友里恵は再び背後を振り返り、なるほどと頷いた。どこのテーブルにもタジン鍋が置かれていた。それぞれから立ち上る蒸気で、店はセーターでは汗ばむくらいに暖かい。

「今日はどうします？」

「どうしようかな。もう、あれから毎日忙しくて、やっと来ることが出来ました。でも、冬休みなのに、頑張ってもこの時間ですよ？」

「お疲れ様です。カレーでも、タジンでも、どうぞ、元気が出るメニューを」

前回のタジンも美味しそうに食べてくれた。でも、もともとは毎回チキンカレーをテイクアウトしていた、かなりのカレー好きである。今日は何を食べてくれるのかと、みのりも楽しみにしながら注文を待つ。

「今日は、シュークルートを食べてみたいです。まだやっていますか？」

「はい。一月半ばくらいまでの予定です」

「よかった。じゃあ、シュークルートと、食後にまた、お菓子と温かい飲み物を」

きっと、新しい料理にも挑戦してみたかったのだろう。友里恵の好奇心旺盛な瞳は、どこかスパイスを見つめるゆたかのまなざしにも似ている。

みのりも厨書房にいた時は、きっとこんな顔をしながら仕事をしていたはずだ。今の自分は、いったいどんな顔をしているのだろう。でも、間違いなくこの店での生活に楽しみを見出している。姉と相談し、のびのびと自分たちの仕事をして客を喜ばせる。これ以上のことがあるだろうか。最初は和史の鼻を明かしたい一心だったというのに。

シュークルートを食べた友里恵は、「今日も美味しかった！　ご馳走様でした」と満足そうにフォークを置いた。

「よかった。では、お茶とお菓子をご用意しますね」

みのりが皿を下げると、ゆたかがカウンターから顔を出す。

「お菓子はとっておきをご用意しているんですけど、お茶はご希望ありますか？」

「そのお菓子に合うお茶をください」

友里恵は迷うそぶりも見せずに応えた。みのりとゆたかを信頼している証しだ。

「かしこまりました」

ゆたかはにっこり笑い、さっそくお茶の準備に取り掛かった。

しばらくして、友里恵の前に置かれたのは、白いこっくりとしたクリームののった、茶色いケーキだった。四角いパウンド型で焼いた形状である。

「キャロットケーキですね！」

「ご存じでしたか」

「ずっと前にカフェで食べて、美味しいって思ったんです。でも、なかなかよそでは見かけなくて……」

「これ、実は鮫島周子先生からのリクエストなんです。イギリス留学中、親しくなったあちらのご友人がよく作ってくれたんですって。とっても好評をいただきました」

「そうなんですか」

友里恵は嬉しそうに皿を見下ろし、さっそくフォークを手に取った。

「ああ、そっか。この濃厚な感じも、スパイスの味わいだったんですね……」

「定番はシナモンとナツメグですが、私はちょっとジンジャーも効かせました。人参(にんじん)の優しい甘さと、レーズンと胡桃(くるみ)の食感。ずっしりとした味わいに、ちょっと酸味のあるクリームチーズのフロスティングがよく合います。飲み物は、やっぱりチャイが合うと思います」

ゆたかは、熱々のチャイのカップをケーキの皿の横に置いた。

「はい、私も絶対にチャイが合うなって思ったところでした」

カップを口に寄せたまま、ふっと思い出したように友里恵が言った。

「面白いですねぇ、スパイスって。だって、今日のシュークルートやこの前のタジンに入っていたクミンは、カレーにだって使うでしょう。チャイのクローブやカルダモンだってそうです。キャロットケーキのナツメグは、てっきり肉料理の定番だと思っていました。料理のジャンルや国境を越えて、それぞれの人々がそれぞれの使い方をしている……」

ちょうど手が空いていたらしく、ゆたかは友里恵の話に耳を傾けた。

「そうですね。お料理は生活そのものですから。スパイスの歴史は古いですし、料理以外にも、薬としてだけではなく、例えばポプリのようにして防虫剤や芳香剤にも使われました。運ばれた土地の人々の生活に合わせて、様々な用途を見出されたんでしょうね。私は、それを自分で確認したいだけなのかもしれません。ひとつひとつのスパイスと対話をしながら」

「研究熱心で、しかもこんな美味しいお料理が作れるなんて、素晴らしいです。ますます、私、このお店が好きになっちゃいました」

チャイを飲み終えた友里恵は、厨房に入ったみのりを遠慮がちに呼んだ。

「私、実はここのチャイが本当に気に入ってしまって。この前、クラスの子供たちに話したんです。いよいよ受験が迫ってきて、クラスの空気がピリピリしているでしょう？　きっと、生徒たちも不安と緊張で、心に余裕がなくなっているんじゃないかなって思って。だから、勉強の合間に、ちょっと心をからっぽにする時間を作りなさいって。それには、温かい飲み物がいいよ、チャイなんて最高よ。チャイ、知っている？　って、ゆたかさんに教えていただいた、シナモンやカルダモン、クローブの蘊蓄を語ったんです。私、昔から緊張するとすぐお腹の調子が悪くなるタイプだったから、きっとそういう生徒もいるんじゃないかって。そしたら、それが大反響だったんです。もともと、勉強熱心で知識欲のある生徒ばかりなので、興味を持ってもらえたんでしょうね。さっそく、お母さんに作ってもらった、なんて子もいました」

「……それは、よかったです」

「勉強、進路や受験、どれもとても大切なことなんですけど、ちょっとしたことで緊張を解きほぐしてあげるのも、教師の大切な役割なんじゃないかって、初めて気づきました。これまでも、受験生のクラスを担任したことがあったのに、その子たちには励ますそぶりで発破をかけていただけだったのかもしれません。何かうまくいかないことがあると、保護者になじられるのは、けっきょく担任ですから。かわいそうなこと、しちゃっていたのかもしれませんね」

チャイの雑談で得た手ごたえが大きいほど、過去に送り出してきた生徒への後悔が募ったのかもしれない。すっかりうなだれた友里恵を見て、みのりは、いつの間にか横で話を聞いていた姉にチラリと視線を送る。ゆたかは小さく頷いた。

「冬休みなんですよね？」

「ええ。形式的には。仕事は色々とありますから、休みにはなりませんけど」

「だったら、もう一杯いかがですか。今、ホットワインを作ります」

「……やっぱり、スパイスが入っているんですか」

「赤ワインに、シナモンとクローブ、レモンとお砂糖です。お仕事に差し支える心配があれば、極力アルコールはとばしますけど」

友里恵は、口元をほころばせて首を振った。

「いいえ、いつも通りでお願いします」

ゆたかが厨房の奥へ向かうのを見届け、みのりは囁いた。

「クリスマスくらい、自分のことも大事にしていいと思いますよ。それだけいつも、生徒さんたちのことを考えているのですから」

友里恵は驚いたように目を見張った。

「ここは、本当に刺激が多すぎて、困ってしまいます」

潤んだ目元を拭う友里恵に、みのりはにっこりと微笑んだ。

第五話　激辛マトンカレーにまさるもの

1

年が明けた。『スパイス・ボックス』は大晦日から三が日までを休みと決め、ゆたかとみのりは南房総市の実家へと帰省していた。

赤城神社や毘沙門天への初詣客を狙って、正月営業も考えなくはなかったが、『手打ち蕎麦　坂上』も三が日は休みだというし、路地のさらに奥の『スパイス・ボックス』まで、初詣客が流れてくるかも分からない。近隣の店の営業状況もどうやら半々といったところで、相談の末、思い切って休業することに決めた。それに、一人で暮らす母親に寂しい正月を過ごさせるのも申し訳ないと思ったのだ。

姉妹の父親が亡くなったのは、ゆたかが結婚した翌年だった。もっとも、ゆたかと柾は実家からもそう遠くない館山のアパートに暮らし、休みのたびにハーブ園の世話のため、実家を訪れていたのだから、みのりもさほど心配はしていなかった。

柾が急逝してからは、ゆたかは実家に戻り、母親は傷心の娘を励ますように明るく、穏やかな生活を送っていた。しかし、そのゆたかも今は浅草橋のアパートでみのりと暮らしている。

「べつだん寂しいことはないわよ。あなたたちが元気にやっていてくれれば」

日当たりのよいかつての姉妹の部屋で、押入れから出して日に当てていた布団にカバーを掛けながら、母のさかえは言った。みのりとゆたかが店の掃除を終え、そのまま飯田橋から総武線に乗って帰省した、大晦日の夕方だった。

「え～、そういうものなの？」

さかえは、布団の上に飛び乗った茶トラの飼い猫、シナモンを両手で持ち上げて、畳の上に下ろす。父親が他界したあとに迷い込んできた猫である。毛並みの色からシナモンと名付けたのは柾だったらしい。

「そういうものですよ。それにね、もう私は娘を立派に送り出した心境なの」

母親を手伝って、掛布団の端っこをカバーにくぐらせていたみのりは、さっぱりとした口調に思わず手を止めた。その隙（すき）をついて、再びシナモンが飛び乗ってくる。

『スパイス・ボックス』の開店資金として、さかえは結構な金額を娘たちに渡してくれていた。受け取れないと断っても、「もともとあなたたちのものよ」と、頑として引き下がらなかった。母の話によると、どうやらそれは娘が嫁ぐ日のためにと、ゆたかとみのりが生まれた時からコツコツと貯めていた、いわば結婚資金だった。

「娘が生まれたら、母親として、絶対にやってあげようと思っていたの」

さかえもまた、自身が嫁ぐ時に母親から分厚い封筒を渡されたそうだ。派手を好まなかったさかえと夫はつつましい生活を送り、今も母親、つまりゆたかとみのりの祖母から渡された「結婚資金」は大事にとってあるという。さかえにとっては、お守りのようなものらしい。

「仮に生まれたのが息子であったとしても、何かしら考えたと思うわ。子供たちには、親が子供の幸せを願って、大切に育ててきたってことを、どんな時もずっと忘れないでいてほしいのよ」

何度下ろされても、果敢に布団に飛び乗ろうとしてくるシナモンを視線でけん制し、さかえはしゅっと掛布団の表面をひと撫でして、皺ひとつなくカバーをかける。

何でもないことのように言うさかえの言葉は、みのりにしてみればこれまでのちょっとした反抗期や、忙しさにかまけて自暴自棄になった過去の自分を、大きな穴を掘って葬り去ってしまいたいほどに心の底を震わせるものだった。しかしなぜか面映ゆく、それを素直に表せないのも、家族という間柄のややこしさだ。

「それにしても、お姉ちゃんは柾さんと結婚する時、どうして受け取らなかったの？」

開店資金として与えられたのは、二人分だとさかえから聞いている。

「え〜」

シナモンは、今度は枕(まくら)カバーをかけているゆたかの足にすり寄っていた。ゆたかは手を止めて、茶トラ猫の首の下をくすぐりながら応(こた)えた。

「気持ちだけで十分だって思ったの。だって、結婚式も新婚旅行も予定がなかったし、館山のホテルで二人で働く生活がずっと続くんだなって思ったら、必要ないじゃない？」

「ええっ、でも、持っていて困るものじゃないでしょう。人生、何があるか分からないんだし」

みのりの言葉に、母親も小さく笑う。

「ホント、欲のない子だっておかしくなったわ」

「柾さんさえいれば、何もいらないと思ったんだろうね。幸せの絶頂みたいな感じだったから、お母さんやお父さんにももっと幸せになってもらいたくて、どうせなら、そのお金で美味(おい)しいモノを食べたり、旅行に行ったりしてほしいなって思ったんだよ。だって、私とみのりを立派に育ててくれたんだもん」

「そういう遠慮は、ある意味、親不孝なのよ。ゆたか、あの時、あなたなんて言ったと思う？　いざという時のために取っておいてって。この年で、いざという時といったら、良いことのはずないじゃない。とにかくね、親は子供にいつも笑っていてほしいのよ」

さかえは今さらのように大きなため息をつく。

それから父親が亡くなり、柾が亡くなり、身内だけでひっそりと見送ると、前橋家は女だけが残った。そこへきて、すでに家族のように接していたみのりの恋人、真田和史も離れていった。

「だからね、これはもう娘の幸せを願う母親としては、飲食店の開業でも何でも、後押しするしかないと思ったのよ。私もゆたかも夫に先立たれ、私の母親もまた、ずいぶん若い頃に夫を亡くしているの。あなたたちだって、おじいちゃんの顔は写真でしか知らないでしょう。つまりは、男運がない家系なのかもしれないわね。それはもうあきらめてもらうしかないわ。まぁ、ゆたかとみのり、二人一緒なら心強くもあるし、開業のために借金を増やすくらいなら、この先どうなるかも分からない結婚資金なんて、さっさと渡したほうがいいって思っただけよ。だから、やるからには一生添い遂げる覚悟でやりなさい」

みのりもゆたかも、この母親には頭が上がらない。

けれど、思うのだ。親が子供の幸せを願うように、子供もまた親の幸せを願っているのだと。

今はありがたく受け取ったものの、ゆたかもみのりも、いつかは絶対に返そうと固く心に決めている。そっくりそのまま返すか、もしくは本当に住居兼店舗という形にして、母親を呼びよせるのか。いずれも二人にとっては夢のように遠い話である。

帰省したからといって、とりわけ何かをするというわけではなかった。

『坂上』の大将が「帰省するなら持って行け」と、慌ただしく届けてくれた年越し用の蕎麦を茹でて、紅白歌合戦を見ながら三人で食べた。騒がしいテレビの音と三人の女の話し声をものともせず、シナモンはこたつ布団の上で丸くなって目を閉じている。

大将の話を聞いたさかえは、楽しそうに「きっと今頃は『売り切れ御免』でお蕎麦屋さんも閉店ね。疲れ切って、奥様と一緒に紅白でも見ているかしら」と笑った。

そうかもしれないし、商店街の仲間たちと盛り上がっているのかもしれない。夜中から、毘沙門天や赤城神社には初詣客も訪れ、街は賑わっているだろう。みのりはつるりとした蕎麦ののど越しを楽しみながら、まだ経験したことのない神楽坂の年越しを思った。

鮫島周子は年末年始も関係なく執筆に励んでいるだろうか。

『リストランテ・サナ』の和史は、今年も例年通り休みなく営業だと言っていたから、早川麗も手伝っているのか。

年末年始も仕事だと言っていたエキナカ青年は、夕ご飯に困っていないか。

テレビを見ていても、みのりの心はうわの空だった。

紅白は白組の勝利で幕を閉じた。

ゆたかは、ゆるゆると続いたささやかな年越しの宴の片付けのために台所に向かい、母親は手洗いに立った。みのりはこたつの上の籠に手を伸ばし、みかんをひとつ取り上げる。実家に来ると、すっかり末っ子に戻って甘えてしまう。

その時、スマートフォンにメッセージが届いた。

紅白歌合戦の賑やかさから一転し、落ち着いたアナウンサーの声と低い鐘の音が聞こえてくる。「あけましておめでとう」にはまだいささか早い。訝しみながらメッセージを開いたみのりは、思わず「バカ」と呟いた。

送信元は和史で、「今年はどっちが勝った？」とある。

『リストランテ・サナ』の大晦日は、常連客が集まってカウントダウンパーティーになるから、付き合っていた頃から和史は大忙しだった。さして紅白の結果が気になるとも思えず、むしろ誰が出演しているかも興味はないだろうに、大晦日の夜になると、きまって帰省中のみのりに「今年はどっちが勝った？」と訊いてくるのだ。

おそらくその一文に、「今年も世話になったな」「来年もよろしく」「あけましておめでとう」、すべての意味が込められている。つまり今となっては、「腐れ縁をいつまでも続けよう」というご機嫌伺いでもあるのだ。

本当にこの関係はいつまで続くのか。呆れながらも、嫌な気持ちにならない自分に苦笑しつつ、みのりは「白」と短くメッセージを返す。

今年は早川麗もカウントダウンパーティーに加わっていることだろう。けれど、自分と和史の関係は、いつまでもこのまま続いてほしいとみのりは思った。

「始まったねぇ、除夜の鐘」

戻ってきた母親がこたつに潜り込む。「どうする？　行くの？　初詣」

「う～ん、寒いからいいや」

「ゆたかも、いいの？」

エプロンを外しているゆたかにも訊ねる。

「うん、私もいい。お母さんが行きたいなら、付き合うけど」

「いい、いい。寒いもの。それより、せっかく帰ってきたんだから、こうして話をしているのがいいよ」

「うわぁ、眠くないんだ」

閉店時間まで客がいれば、これくらいの時間に帰宅するみのりもゆたかも、もちろん眠くはない。

「平気よ。いつも夜中まで映画を観たり、本を読んだりしているんだもの。一人って、意外に自由でいいのよねぇ」

母親が笑い、つられて姉妹も笑った。母親の様子に安心して年を越した。

翌朝、少しだけ寝坊をして、かつて自室だった二階の部屋から一階へ下りたみのりは、懐かしい香りに目を細めた。前橋家のお雑煮。昆布と鰹の合わせ出汁に、具材は鶏肉と椎茸、青菜。そして、なぜか上からあおさ海苔をたっぷりとかける。

「美味しそう！」

「ちょっと、みのり。それよりも先に言うことがあるでしょう」

エプロン姿の母に、みのりは「あけましておめでとうございます」と慌てて言った。

「台所で、それもないよね」

すっかり身支度を整えたゆたかが笑う。

お雑煮を食べながらさかえが訊ねる。「今日はどうするの？」

「ハーブの世話かな。いつも任せきりだから。お母さんこそ、何かやってほしいことある？　力仕事とか。ふだん一人だと、何かと大変なこともあるでしょう」

さかえは首を傾げた。

「特にないわね。大変なことがないような生活しているもの。ハーブも手がかかるわけではないし、道楽でやるにはちょうどいいわ。冬の時期、畑に何もないのはつまらないじゃない。まぁ、でも手入れしてくれるならありがたいわね。ちょっと茂ってしまって、どうしようかと思っていたの」

手がかからないのは、柾が育てやすく、強いハーブを選んで植えたからだ。さかえは柾に家庭菜園の一角を貸し、主亡き後はそのまま引き継いだだけである。ハーブの種類や活用法などさして興味もないようだ。ただ植物を慈しみ、育てることに大きな喜びや満足感を見出している。

「ところで、お姉ちゃん。新しいフェアはどうする？　シュークルートはそろそろ終わりでしょう？」

お雑煮を食べ終えたこたつで、みのりはお茶をすする姉に訊ねた。

「大丈夫。もうしっかり考えているから」

「何？　何をやるの？」

「この時期、大晦日のお蕎麦からおせち料理って和食が続くじゃない。おせちに飽きたら……？」

「カレー！」

「そう！　なぜか、味が濃くてこってりしたものが食べたくなるよね。だから、インド料理でいこうと思うの」

ゆたかは、いつも持ち歩いているアイディアノートをこたつの上に広げた。そこには、いくつものメニューが並び、大まかな年間スケジュールまで書かれていた。

「いつの間に……」

「みのりが寝坊している間。一年の計は元旦にありって言うでしょう。ざっとスケジュールを立てて、あとで相談しようって思ったの。オープンした時は、周知されているスパイス料理ってことで、タイ料理やインドカレーをメインに据えたでしょう？　今年はそれらをもっと深めていけたらって思うんだよね」

「だから、インド料理かぁ。いいアイディア。専門店じゃない分、ふだんはメニューを絞っているしね。もっと色々食べたいお客さんもいるもん」

「うん。もともとインドカレーは人気メニューだし、食材も普段の仕入れでアレンジできるようにする。周子先生のおかげで、今はお客さんも増えているし、エッセイでカレーも紹介してくれたじゃない？　アピールするいいチャンスだと思うんだよね」

「確かに。新しいことに手を広げるよりも、今のメニューを深めるのに賛成！　それに、お姉ちゃんの負担が少ないほうがいいと思うよ。ティータイムも始めちゃったし。そっちは大丈夫？」

「もちろん。ホットドリンクは春まで継続して、お菓子を変えようと思っているの。年が明けたら日本なら春。まずはハーブを使おう。我が家のハーブでやったら最高でしょ」

「最高！」

「お正月から楽しそうね。もう仕事の話？」

　台所から戻ったさかえがこたつに入ると、それまでみのりの膝（ひざ）にのっていたシナモンがのそのそと母親のほうへ移動し、今度は母の足の上で丸くなった。

「うん。毎日楽しいわ」

さかえも嬉しそうに目を細め、シナモンの背中を何度も撫でた。

ゆたかが微笑んだ。

畑に出ると、ローズマリーがほとんど低木のように見事に茂っていた。寒さにもめげず、枝先に薄紫の小ぶりな花さえつけている。

「ずいぶん立派になったねぇ」

ゆたかがローズマリーに駆け寄り、まるで頭を撫でるように枝先に触れる。先のほうまでピンととがった緑の葉が密集し、みのりにもすくすくと健康的に育っていることが分かった。寒さに強いミントやレモンバームも、暖かい季節には及ばないが、今も青々とした葉を冷たい風にそよがせている。

もう一度、みのりはローズマリーに視線を移す。

「これでしょう？　お母さんが茂っちゃったって言っていたのは」

「そうだろうね。何といっても、枝ぶりが立派だし、葉っぱは尖っていて、チクチクして当たれば痛いもの」

「切っちゃう？」

「うん、それしかない。東京に持って帰ろう。お茶のほかにも、クッキーやパンも焼いてみる？　風味がはっきりしているから、面白いと思う。そうだな、あとは、ストレートにお肉料理もいいよね。シンプルにチキンのオーブン焼き、ローズマリー風味とか」

「そういうのもいいかもね。じゃあさ、付け合わせは、ローズマリー風味のポテト」

「ローズマリー尽くしじゃない」

「でも、そんなに手が回る？」

「う～ん、私も、それを考えていたところ」

ゆたかが困ったように笑った。

「ところでお姉ちゃん、ローズマリーって、どんな作用があるんだったっけ」

「周子先生にハーブティーを届けた時、教えたじゃない。集中力を高めて、脳を活性化させるの。疲労回復にもいいって言われている。血行をよくしてくれるんじゃないかな。お風呂に入れる人もいるそうだし」

「そうだった。じゃあさ、受験生にもいいんじゃない？　中学教師が来たら教えてあげようよ」

「友里恵さん」

「そう、友里恵さん」

以前、名前を教えてもらったのだった。ゆたかの影響か、食材の持つ栄養価や作用を知るたびに、食べてもらいたいと思う常連客の顔が浮かぶようになっている。喜ぶ顔を想像すると楽しくなる。

「どちらにせよ、柾さんもいずれ料理に使うつもりで育てていたわけだから、茂らせておくよりはどんどん使ったほうがいい。私たちの料理で、お客さんが笑ってくれたら嬉しいものね」

ゆたかはかがみ込んで、一枝一枝を見分するようにして丁寧に鋏(はさみ)で摘み取っていく。

「柾さんだったら、どんなお料理を作っただろうねぇ、この子たちで」

みのりはゆたかの横にしゃがみこんで、ハーブたちと同じ目線で畑を見渡した。

冷たい風にゆらゆらと枝を揺らすハーブたちは、まるで「さあ？」と首を傾げているようにも見える。

「どうだろうね。私も、やっぱり分からないな。あの人、いろんなものを見てきた人だったから。もっと一緒にいられたら、考えが分かるくらい近づけたかもしれないのになぁ」

しゃがみこんだまま、ゆたかは白っぽい空を見上げた。大きく茂ったローズマリーが、いつまでも風に揺れていた。

正月二日。翌日は朝から店で仕込みをするため、二人は短い帰省を終えた。

途中でゆたかは「ちょっと寄りたいところがあるの」と電車を降り、みのりは「分かった」と、座ったまま軽く手を振った。それまで何も聞いていなかったので、少し驚いたが、たまには一人になりたい時もあるに違いない。

それに、みのりにはたくさんの荷物があった。母から『手打ち蕎麦　坂上』の大将にと渡された、家庭菜園で収穫したての大根や葉物野菜と、地元の銘菓、枇杷ゼリー。それだけでずしりと重いのに、ゆたかから引き受けた、店で使う野菜やハーブまである。ローズマリーは紙袋の端から枝の先端を覗かせ、尖った葉先で持ち手を握る手の甲を絶えずチクチクと刺激する。

これじゃあ、行商のオバサンだよ……。

みのりは心の中で苦笑した。

乗っているのは、横須賀まで直通する快速電車だが、どちらにせよ、浅草橋のアパートへ帰るには乗り換えなければいけない。ならば、今日のうちに神楽坂の店に行って、重い荷物を置いてこようと思いついた。そうすれば、大将にも新鮮なうちに野菜を届けることができる。ゆたかが何時に帰ってくるかも分からないし、店に風を通しておけば、明日の開店準備や仕込みもスムーズにいくだろう。

みのりは、店のことを考えているうちに心が浮き立つような気がしている自分に驚いた。『スパイス・ボックス』はすっかりもう自分の居場所になっている。顔なじみになった常連客の顔を思い浮かべると、会いたくてたまらなくなる。

恋人に振られたことがきっかけで思い立った飲食店の経営だったが、それまでの仕事の経験や、周りの人の協力に、ずいぶん助けられた。まだ軌道に乗ったとは言えないけれど、少しずつ、世話になった人たちに恩返しをしていけたらいいと考えている。それは、つまり店の継続だ。『スパイス・ボックス』に集まり、語らい、ゆたかの料理で喜んでもらう。ちょっと行き詰まった時に立ち寄れる、シェルターのような場所を作りたい。それこそが、自分たちの居場所を守ることにもなるのだ。

みのりは、東京へと向かう電車の中、新たな決意を胸にした。

一月四日、『スパイス・ボックス』は、新年の営業を開始した。

まだ世間は正月休みらしく、初詣がてら神楽坂界隈を散策しているのか、路地の人通りはいつもよりもずっと多い。

からりと晴天の続く東京の寒さはいっそう厳しさを増し、みのりはぶるっと身震いした。そもそも、古い木造家屋はよく言えば風通しがいいが、つまりは隙間風が多く、エアコンの暖房ではなかなか店内が温まらない。

わずかな期間とはいえ、比較的温暖な南房総の実家のこたつにもぐって、ぬくぬくと過ごしていたのだから、よけいに寒さが身に染みた。

店を開けて早々に現れたのは、駅構内の立ち食い蕎麦屋で働いている常連客だった。みのりとゆたかは、「エキナカ青年」と呼んでいる。

「いらっしゃいませ。あれっ、今日は早いじゃないですか」

「驚いたでしょ。今日は休みなの。ウチの会社、頑張っちゃって、元旦も営業したんですよ。電車は動いているんだから店も営業するって。でも、会社員がいないんじゃ商売になるわけないですよね。まぁ、営業時間も短縮していたから、そう大変でもなくて、だったらいっそ休みにすりゃいいのにって、パートのオジサン、オバサンからは非難ごうごう。ホント、参っちゃいましたよ」

「それはお疲れ様。でも、休みの日は寝ているんじゃなかったの？」

「そうなんですけど、短縮営業のおかげで、朝も遅かったし、意外と楽だったんで。それより、ここのカレーが食べたかったんですもん」

　エキナカ青年の勤務先は、通常は朝六時開店である。早朝勤務の彼は夕方帰宅し、三日に一度はディナータイムの始まりとともにカレーを食べに来る。

「ちょうどよかった。今日からインド料理フェアなの。カレーの種類も増えたし、汁気のない炒め物もあるよ。まぁ、日本人の感覚からしたら、全部カレーってことになるのかもしれないけど」

「俺、挑戦してみたい。このマトンと野菜の炒めもの。これとライスで」

「かしこまりました」

　エキナカ青年の料理ができる頃には、次々に入ってきた客で、テーブル席は全部埋まってしまった。

「すごいっすね。昼間はいつもこんななんですか？」

カウンター席のエキナカ青年は、夢中になってごはんにのせた炒め物をかき込んでいたが、ふと手を止めて、カウンター越しに注文を通しているみのりに訊ねた。

「言っていなかったっけ？　雑誌で紹介されたの。そしたらとたんにコレよ。本当にメディアの効果ってすごいね」

自分も料理雑誌の編集部で働いていたくせに、ここまで効果があるとは、みのり自身が一番驚いていた。どうりでかつて取材で訪れると、どこの店も浮かれていたわけだ。ただ、これを一過性のブームで終わらせてはいけない。

再び、ガラガラと引き戸が開いた。慌ただしく店内を動き回っていたみのりは、「いらっしゃいませ」と声を張り上げながら、素早く店内を見渡した。相変わらずテーブルは満席である。入口に立っていたのは若い男性で、どうやら一人だ。

「一名様ですか」と確認しながら、半分ほど食事を終えたカウンター席のエキナカ青年に目配せをする。「もちろん」というように頷くのを見て、「カウンター席にどうぞ」と、男性を案内した。

みのりはそれとなく男性を観察した。初めて見る顔である。まだ若い。もしかして、周子のエッセイの影響かと思ったが、青年に張り切って食事に来たという雰囲気はいっさいなく、新年早々暗い表情をしている。

「ご注文はお決まりですか」

「なんか、ガツンとした料理。おすすめはありますか」

インド料理フェアと書かれた差し込みメニューに視線を走らせた青年は、すぐに顔を上げてみのりを見つめた。目元のあたりが、どこかかつての恋人、真田和史に似ている気がして、みのりは思わず息を呑んだ。けれど、和史はおろか、みのりよりもずっと年下で、そのぶん可愛げがあった。

「……マトンカレーがおすすめっすよ。スパイスも効いているし、ここ、希望すれば辛さも増してくれるから」

エキナカ青年が代わりに応えた。客商売をしているだけあって、物おじせず、人懐っこい性格である。おまけに、面倒見もよい。

「じゃあ、マトンカレーください。うんと辛いのがいいです」

「かしこまりました。ライスか、ロティという平たいパン、どちらをお付けしましょう」

「ライス。大盛りで」

「なかなかいけそうだねぇ、お兄さん」

注文を聞いて、エキナカ青年がニヤッと笑う。

ほとんど年齢も変わらないマトンカレーの彼は、にこりともせずに言った。

「これから仕事なので。気合、入れたいんですよ」

三十分も経たないうち、先に食事を終えたエキナカ青年が席を立った。入口横のレジで会計を済ませながら、小声でみのりに言う。

「あの愛想のないお兄さん。あれ、『鳥居前整体院』の人だよ」

「整体院？」

「うん。俺、前に腰痛で通っていたんだ。その時、一度やってもらったことがある。たぶん、相手は忘れていると思うけど」

エキナカ青年は、そう言うとちょっと笑って、「ご馳走様。お休みは定休日だけにしてくれないと困るんですけど」と笑いながら帰って行った。

みのりは店内に戻ると、黙々とマトンカレーを食べる青年を見つめた。

2

小谷俊也は、初めて食べるマトンカレーを恐る恐る口に運んだ。

前から気になっていた店だった。古い日本家屋のくせに、漂ってくるのは食欲を刺激するエキゾチックな香りで、時々楽しそうな女性の声が漏れ聞こえてくる。

いつか入ってみたいと思いながら、すりガラスに遮られて店内の様子の分からない店は、なんとなく入りづらかった。

しかし、ここ最近は、以前と違って店に出入りする客が増えたような気がする。女性客がメインなのかと思えば、男性客も目立ち、一人の客も少なくない。

だから、思い切って引き戸を開けた。色々なことを考えるのがおっくうになっていたせいもある。

今日が、年が明けて初めての出勤である。俊也が勤める赤城神社に近い鳥居前整体院は、大晦日から一月三日までの正月休暇を終え、四日から営業開始となった。

俊也は午後二時から八時までの遅番のシフトだったが、どうにも仕事に行きたくなかった。正月休暇を茨城の実家でのんびり過ごしたせいか、すっかり里心が付き、よけいに現実社会に戻るのがつらいのだ。

もう、辞めちゃおうか。

きっと、この仕事、向いていなかったんだよなぁ。

これからの一年を思うと、抱負とは正反対の弱気な発想さえうっすらと浮かんできた。一度そう思うと、今こそ決意を固めるいいチャンスのような気までしてしまう。

しかし、今日は仕事に行かなくてはいけない。

そう思えば思うほど気が進まず、どこかで気合の入る昼食でも食べて、景気づけをしてから職場に向かおうと、早めにアパートを出たのである。

冷たい北風にのって漂ってくる香りに誘われ、いつも通勤で使っている路地に入った。

本当は、この路地はあまり好きではない。しかし、『スパイス・ボックス』と小さな看板を掲げた古民家からはいつもいいにおいがしていて、誘われるように足が向いてしまう。

ふだんは「うまそうなにおい」と思うだけで、何のにおいだか判然としないのだが、今日ははっきりカレーだと分かった。店の前まで来ると、戸口の横に置かれたメニューボードに、案の定「インド料理フェア開催中」と書かれていた。

引き戸を開けた俊也は驚いた。新年早々、思った以上の賑わいである。カウンター席しか空いておらず、同世代の男が一人座るカウンターの、ひとつ間を空けた席に案内された。

何気なく横を見ると、男と目が合った。

大きな肉と野菜の塊を白いごはんにのせて、うまそうに食べていた。額にはうっすらと汗を浮かべている。何の料理かは分からないが、やっぱりカレーのにおいがして、白いごはんがちょっと黄色っぽく染まっていた。きっとあれもカレーの一種なのだろう。

男は口いっぱいにごはんを頰張ったまま、ちょっと頭を下げてみせる。俊也も仕方なく軽く頭を下げてカウンター席に座った。

座ったとたん、ずしんと尻に体中の力が吸い取られるような気がした。こんなに重い体を引きずって歩いてきたのだ。頭もぼんやりとする。休み明けだというのに、本当にこれで働けるのか。そもそも自分の体は、これほど仕事に行くことを拒否しているのか。

こんな時はいったい何を食べればいいのだろう。肉か、目が覚めるくらい刺激的なものか。そもそも、心がまいっている時も、スタミナのつく料理で回復するのだろうか。ところで、スタミナって何だ？

渡されたメニューの文字を眺めているうちに、何やらめまいがしてきた。

エプロン姿の女性店員がやってきて、注文は決まったかと訊ねる。

急かされているような気がして、逆に俊也はおすすめを問い返す。その時、カウンターの並びの男が、「マトンカレーがおすすめっすよ」と言った。そのあと、俊也を見て、「な？」と念を押す。仕方なく俊也は頷いた。

横の男は、エプロン姿の女性を「みのりさん」と呼び、親しそうに話している。ちょっと気にくわない。俊也は「うんと辛いのがいいです」と虚勢を張る。

みのりと呼ばれた店員は、ライスかロティか訊ねたあと、厨房に入ってしまった。

しばらくして、古民家風の店とはアンバランスなコックコート姿の女性が運んできたカレーは、横の男が食べている料理とはまったく違っていた。スープボウルに入った、まったりとしたカレーの色はずいぶん赤い。もしや唐辛子の色だろうかと、辛くしてほしいと頼んだ俊也はひるんだ。

「辛くしましたけど、もしも足りなかったら遠慮なく言ってくださいね。その時は、チリパウダーをお出ししますから」

料理人がにっこりと笑って言う。袖がめくられた明らかにサイズの大きいコックコートから覗く手首の細さに、俊也は目を見張った。厨房にはこの女性一人しかいない。いつも漂ってくる力強いスパイスの香りは、この小柄な女性の調理によるものなのか。てっきり料理人は男性（それも異国の）だと思い込んでいた俊也は、思わず目を逸らした。

思いのほか赤いマトンカレー。

注文したはいいが、マトンとは独特の臭みがあるのではなかったか。しかも、ずいぶん辛そうに見える。スプーンを手にしてから不安になった。

肉は好きだが、獣臭いのは得意でない。牛ステーキよりも、合い挽き肉のハンバーグや鶏のから揚げが好きなタイプだ。

いや、今日は自分に活を入れるために来たのだ。ならば、獣でも何でも構わない。

俊也は、思い切って大きな肉をすくい、そのまま口に放り込んだ。

「熱っ」

想像以上に出来立てのカレーは熱く、慌てて俊也は口を押さえた。横の男が笑っている。

口の端から空気を取り込み、冷ましながら何とか咀嚼した。嚙みしめた肉は、さほど臭みもなく、やわらかくほどけてすんなりと飲み下すことができた。飲み込んでから、赤い色合いはトマトだと分かった。わずかに甘みと酸味がある。

しかし、ほっとしたのもつかの間、胃の底から駆け上がってきた強烈な熱さにはっとした。そうだ、辛くしてくれと頼んだのだ。あとから襲ってくるとは不意打ちだった。今では喉や口の中までもヒリヒリと熱い。もはや辛いのか痛いのか、そして熱いのかも分からない。俊也は慌ててグラスの水に手を伸ばした。

「大丈夫ですか？」

コックコートの女性に声を掛けられ、俊也は回らない舌で何とか応える。

「らいしょうぶです、ちょうどいい」

顔がかあっと熱くなったが、それも辛さのためか、恥ずかしさのためか分からなかった。

「ゆたかさん、アレ、先に出してあげたら？」

またしてもカウンターの男が言う。コックコートの女性はゆたかというらしいが、すっかり常連気取りの男がますます面白くない。

目の前に小鉢が置かれた。ヨーグルトに缶詰のフルーツが入っている。子供のおやつみたいだ。

「ランチタイムのサービスです。食後にお出しししているんですけど、お客さんにはお先に」

ゆたかと呼ばれた女性が微笑み、また俊也は恥ずかしくなった。

辛さを我慢して、夢中になってカレーを食べた。耐え切れなくなってヨーグルトを食べると、冷えた果物の甘さが火のついた口の中をやんわりと冷ましてくれて、子供のおやつのようなデザートが何やらひどくありがたいものに思えた。

カレーをすくい、白い米にのせて息を止めて頬張る。咀嚼しているうちに、普段よりもずっと白米の甘みを感じる。それだけカレーが辛いということだ。やっぱり日本人は米だな、と俊也は辛さから意識を逸らそうとする。

そういえば、このカレーにはマトン以外の具が入っていない。ジャガイモや人参（にんじん）、玉ねぎが入る日本の一般的なカレーとは違って、ずいぶんと潔い。

マトンを先に食べきり、底のほうからスプーンでカレーをすくうと、そこにはカレーにまみれた淡いグリーンの粒がのっていた。これがスパイスだろうか。ぷっくりとカレーでふやけていて、俊也は実家で母親が作るカレーを思い浮かべた。子供の頃は、必ず干しブドウが入っていた。煮込むうちにふやけて、ちょうどこんな感じだった。

あの時の干しブドウの甘さが懐かしくなり、何のためらいもなく、スプーンの上のふやけた物体を口に入れた。やわらかな果皮を歯で破ったとたん、何とも言えない風味が口の中に広がり、俊也は「うわっ」と声を上げて紙ナプキンに吐き出した。干しブドウの甘さを想像していただけに、衝撃はひとしおだった。

「いかがなさいました」

みのりが駆け付け、心配そうに顔を覗き込んだ。ほかの客の視線も自分に集中している気がして、俊也はいたたまれない気持ちになった。

厨房のゆたかが、吐き出したものに気づき、新しい水をカウンターに置いた。

「カルダモンを召し上がったんですね」

「カルダモン？」

「そうです。緑色の粒で、嚙み砕くと中には細かい種がいくつも入っています」

確かに、口のなかがジャリジャリした。もっとも、そこまで嚙み砕く前に吐き出してしまったが。

「こんなの、普通は取り出してから客に出すものじゃないんでしょうか」

思わず俊也は言ってしまった。ゆたかが困ったような表情を浮かべる。ますますバツが悪くなり、「ご馳走様でした。会計をお願いします」と席を立った。

店を出た俊也は、後味の悪い思いでいっぱいだった。これでは、まるっきり「嫌な客」だ。カレーはかなり辛かったが、それを差し引けば、深みのある味は最高に美味しかった。最後に妙な好奇心など出さなければよかった。普通の客なら、スパイスを見つけても、おとなしく皿によけておくのだろう。きっと自分はインド料理の初心者だと思われたに違いない。おまけにスパイスまで食べて、意地汚い客だと思われなかっただろうか。

後悔のあとに、急激に羞恥心に襲われ、ますますやるせない気持ちになった。

嫌な客。自分がいちばんそれに悩まされているというのに。

カウンター越しに見た料理人の、驚き、傷ついたような顔が瞼に焼き付いて離れない。

何気なく嚙み砕いたスパイスの強烈な刺激に驚いて、ついカッとなってしまった。あれがなければ、「美味しかったです、ご馳走様」と、お互いに気持ちよく終われたはずである。まったくもって、よけいなことをしてしまった。

ふいに、何度も聞かされた客の言葉がよみがえる。

「痛い」

「もっと強くしてくれ、そんなんじゃ、ぜんぜん効いている気がしない」

「ほかの人と代わってもらえませんか」

俊也が勤める鳥居前整体院には、院長のほか四人の整体師がいて、俊也が一番若い。近隣には、リラクゼーションやヒーリングをうたうマッサージサロンや、スタッフは女性のみという整体院もあるので、鳥居前整体院を訪れるのは、お年寄りやこの界隈で働いている者がほとんどである。

リピーターが多いからこそ客の要望も多く、それに応えられなければ、たちどころに「ダメな整体師」と評判がつく。俊也はすっかりその沼にはまってしまっていて、常連たちは俊也を避けるため、三百円の指名料がかかっても先輩整体師を指名する。古くからある鳥居前整体院は、もともとの料金が良心的ということもあり、お年寄りたちは気前よく指名料を上乗せするのだ。

俊也は必然的に初めての客を受け持つことが多くなった。しかし客は正直なもので、二度目にはほとんどがほかの整体師を指名する。つまりは、俊也の施術が気に入らなかったということだ。その事実に毎回深く傷つけられる。

当たり前だが、院長や先輩たちもそのことがすっかり分かっていて、最近ではよほど混雑している時でない限り、新規の客さえ回してもらえない。きっと悪意はないのだろう。競争の激しい整体院として、一度摑(つか)んだ新規の客をけっして手放したくないという事情は、俊也にも十分に理解できた。

ちゃんと専門の学校も出て、資格も取った。先輩たちに比べると明らかに経験は足りないが、いったい自分の何が悪いのか、俊也には今ひとつ分からない。根本的に技術力の問題なのだろうか。それとも、コミュニケーション力なのかもしれない。

まずは客の体から筋肉の張り具合や凝り具合を感じ取る。指定のコースに従い、けれどここだけは念入りにしようと自分なりに時間内で治まるようイメージする。しかし、「力加減はいかがですか」と訊く前に、「痛い」だの「もっと強く」だの言われてしまう。

客にとっては、とっさに出た一言だったのだろう。おそらく、俊也がマトンカレーを食べて、思わず「熱っ」と口にしたように。

けれど、そんな一言に、俊也は自分でもびっくりするくらい傷つけられる。

始めは表面にうっすら痕(あと)を残す程度だった傷が、今ではすっかり心の芯(しん)まで深く突き刺さり、どうしようもなく追い詰められている。

職場に通うのがつらい。施術中の客と先輩整体師の楽しそうな会話を聞くのがつらい。

たぶん、自分は客からも、鳥居前整体院からも必要とされていない。

きっと院長も、自分などやめてくれたらいいのにと思っているに違いない。

それなのに、居場所がここしかない。

「小谷くん、こっち、頼むよ」

院長に呼ばれ、俊也ははっと顔を上げた。施術室に入ると、院長が顎をしゃくって、カーテンで仕切られたベッドを示す。うつぶせに横たわった人物の足だけが見えていた。

すっかり見慣れた五本指ソックスで、すぐに分かった。『手打ち蕎麦　坂上』の大将、長嶺猛だ。いつも予約をするでもなく、突然やってくる。だから指名などしない。おそらく疲れがたまると、店の昼営業が終わったタイミングで来院するのだ。おかげで俊也に回ってくるのはありがたいが、何を隠そう、この男こそが真っ先に俊也に様々な注文をつけ、文句を言い、自信を失わせた張本人なのだった。

「痛い」「それでは撫でているのと変わらん」「やる気が感じられない」

おまけに、むっつりと押し黙って、にこりともしない。

俊也が、『スパイス・ボックス』のある路地を、近道でありながら嫌厭する理由は、『手打ち蕎麦　坂上』が並びにあるからだ。何かの拍子に、猛とばったり顔を合わせるのだけはごめんである。

いつものように施術を始める。どうしても恐る恐るというかたちになってしまう。

ずいぶんと体が硬い。筋肉が張っている。

「蕎麦屋は大晦日がかき入れ時だからよ、その前から蕎麦を打ちっぱなしで、疲れがたまってるんだ。そんな時に限って、正月でどこの整体もマッサージも休業。毎年のことながら、まったくついていない」

珍しく大将のほうから話しかけてきて驚いた。ここは相槌を打つべきなのか、俊也は迷う。

すっかり固まった体の様子に、これではつらかっただろうと思う。あの店は確か夫婦でやっていたはずだ。大晦日の蕎麦屋の忙しさなど知らないが、きっと大変だったに違いない。

そんなことを考えているうちに、すっかり相槌のタイミングを逃す。気まずく思い、大将の店の並びの『スパイス・ボックス』に行ってきた話でもしてみようかと思いつく。先輩たちなら、さりげなく近所の話題も交えて、客とコミュニケーションを取るはずだ。

口を開きかけた瞬間、「いてえっ」と大きな声が上がった。

それだけで、俊也は萎縮してしまう。それほど力を込めたつもりはなかったが、こう張った体では、それでも痛みを感じたのかもしれない。

それきり大将は口をつぐみ、俊也も何も言えなくなってしまった。

また痛がられては嫌だから、力は込めすぎない。しかし、あまり優しすぎても文句を言われるし、そもそも施術の効果がない。その落としどころを見つけることに、俊也は必死になる。一通り終えた時には、汗びっしょりになっていた。

俊也はその日、指名のなかった客をほかに三人担当した。

大将のことを引きずって、相変わらず会話もなく、黙々と手を動かす。隣では、高齢の女性と先輩整体師の会話が弾んでいる。こういうやりとりを楽しみに来ている高齢客も多い。俊也は小さくため息を漏らした。

「あのう、もう少し、強くしてもらえませんか」

「あっ、はい、すみません」

いつの間にか、『スパイス・ボックス』の女性料理人のことを考えていた。

何気ない一言で傷つけてしまった。あんなに賑わう店で腕を振るう彼女に、インド料理のことなど何も分からない自分が言いがかりをつけてしまったようなものだ。

未熟なばかりに、文句を言われる自分とは違う。

もう一度行こう。

客の肩を、さっきよりも強い力で広げながら、俊也は思った。

そうしないと、自分の気が済まない。

俊也が『スパイス・ボックス』を訪れたのは、一週間ほど経ってからだった。

早番のシフトだったため、午後五時に仕事を切り上げ、まっすぐに店に向かった。

冬の空は群青色に澄み渡り、冷たい風が耳元でびゅうびゅう唸るような寒い夕方だった。ひとつふたつ、金色に細かな星が散っているのに勇気づけられる思いがした。

『手打ち蕎麦　坂上』を通り過ぎると、古い木造家屋が見えてくる。丸いレトロな玄関灯がぼんやりと照らす引き戸を、俊也は思い切って開けた。

ディナータイムの営業が始まったばかりのためか、店内にはほかの客はおらず、代わりに入口の真ん前に二人の女性が立っていた。みのりとゆたかだ。

「いらっしゃいませ」と言ったあと、料理人のほうはすぐに俊也が先日の客だと気づいたようだ。ほんの一瞬、戸惑ったような表情を見せたのち、「先日は失礼いたしました」と頭を下げた。

「いいえ」

バツが悪くなって、俊也はそれ以上何も言えなくなってしまう。

俊也がカウンター席に座ると、すぐに熱いおしぼりが出された。

「今日は一段と冷え込みますね。ここ、建物が古いから、エアコンの暖房では全然温まらないんです。隙間風も多いし。それで、今日からストーブを置いたんです。ほら、カウンター席って、入口に近いから、よけいに寒いでしょう。申し訳ないなって」

「……そうですか」

みのりに話しかけられ、上の空で返事をする。俊也が話したいのは、接客係ではなく、料理人のほうなのだ。

「今日は、何を召し上がりますか」

「マトンカレー。この前、とても美味しかったです」

「また辛くしますか?」

「いいえ。今日は普通の辛さでお願いします」

べつだん俊也は辛い物が好きというわけではない。ただ、先日はとにかく自分の体に刺激を与えたくて、おまけにカウンターにいた男につい見栄をはってしまい、激辛のカレーを食べることになってしまった。

しばらくして、目の前にカレーの入ったスープボウルとライスの皿が置かれた。標準の辛さでも、色は前回と同じトマトの赤みを帯びている。

俊也は、カレーをひと思いにライスにかけてみた。ゴロゴロと大ぶりのマトンが転がり、しかし、スプーンで探してみても、どこにもスパイスらしきものは見当たらなかった。

「クローブとカルダモン、ホールで使っているスパイスは外しておきました」

カウンター越しに声がした。どうやら見られていたらしい。

用心深い男だと思われた気がして、また俊也は情けなくなる。

「……この前はすみません。知らずに食べた僕がいけなかったのに」

「いけないなんてことはありません。食べられるものしか入っていないと信じ込んでいるお客様にとっては、びっくりするのは当然です。あっ、もちろん、スパイスですから、食べても問題はありません。でも、タイ料理でコブミカンの葉や、レモングラスの茎が当然のように入っているのと同じで、食べるには抵抗があります」

「……じゃあ、どうして入っているんです」

「正直なところ、よく分かりません。でも、インド料理に関して言えば、じっくりと香りを引き出すために、パウダーのスパイスだけでなく、ホールのスパイスはやっぱり必要です。そして、その形を残しておくことが、おもてなしの気持ちの表れなんだそうです」

「もてなし？　どうして。誤って食べたら、僕みたいに……」

俊也は口に出してから、また恥ずかしくなった。そうだ、これはあくまでもスパイスに慣れていない日本人の感覚だ。日常的に食べ慣れている者なら、見ただけでどんな香りや味がするのか、すぐに分かるに違いない。

「ええ。刺激が強いことに変わりはありません。でも、かつてスパイスは貴重なものでした。特にカルダモンは高価だったそうですから、それを使っているんだと相手に伝えるために、あえて料理に残していたようです。もっとも、気にするお客様も多いですから、今では外してお出しするお店も多いようですが、私はそういう経緯も大切にしたいと思って、そのままお出ししていたんです。料理は、文化でもありますから」

「じゃあ、今日はどうして」

「お客様はホールのスパイスを不快に思われたでしょう？　だったら、二回目はそれを取り除かないと。だって、私たちは、お客様に喜んでいただきたくて、お店を営んでいるのですもの」

「ポリシーを曲げても？」

「そんな偏屈なこと言っていられません。客商売ですから」

客商売。確かに、客が来なくては、つまり気に入ってもらえなければどうしようもない。

俊也は、はっと気づかされた思いがした。先輩たちに常連が付き、なぜ自分は二度目の指名がないのか。技術力の差だけではないという思いが確信に変わる。

「もう来ていただけないんじゃないかと思っていたんです。よかった、また来てくださって。ただでさえ、あまりなじみのないスパイス料理じゃないですか。こっちのやりたいことばかり貫いたって、お客さんに受け入れられなければお終いです。ただでさえ、オープンしたての頃は、『におう』なんて文句を言われましたから」

におう。それはまた直截的だ。

俊也は笑いそうになり、すぐに呑み込んだ。施術中に「痛い」ときつく言われ、ひるんだ自分を苦々しく思い出したのだ。

「でも、そのお客様も、今ではすっかりウチの料理を気に入ってくれています」

「えっ、どうやって」

「やっぱり、お料理を食べていただいたからでしょうね。文句を言われたからって、引き下がるのも悔しいじゃないですか。もちろん、最初は素直に謝りましたよ。おまけに、そのお客様、カレーは嫌いだなんて言うんです。私ったら、ますますやる気が出ちゃって、コレならどうだって料理をお出ししました。どうやら、それがお口に合ったみたいで、ほっとしました。だって、料理をすれば、店からはどうしても香りが出ますからね」

ゆたかがおかしそうに笑った。

「今では、すっかりお得意様だよね」

さっきまで電話に対応していた接客係が会話に割り込んでくる。

「お姉ちゃん、あさっての十八時、六名で予約が入ったよ」

「これで、思い切って買った灯油ストーブの分、チャラにできるわね」

嬉しそうな二人の会話を耳にしながら、俊也はすっかり思考に没頭していた。

文句を言われたからと、すぐに引き下がって、避けるようになってしまっていたのは自分だったのかもしれない。そこで、どうすればいいか、もっと対話をしなければならなかったのだ。たとえ先輩たちに敵(かな)わなくても、自分だってそれなりに技術を学んできたのだから。

「……そういうことか……」

俊也はぽつりと呟いた。

カレーを食べ終えた俊也は、厨房のゆたかを呼びとめた。

「カルダモンは、どこで手に入るんですか」

つい、カルダモンの前に「不味い」と付け加えそうになり、慌てて呑み込んだ。

「今なら、スーパーでも棚に並んでいると思いますけど……」

「行ってみます」

料理人は、どうしてカルダモンを欲しがるのかと訝しんでいる様子だったが、すぐに

「ちょっと待ってください」と厨房の奥へ踵をかえす。

戻ってきた彼女の手には、あの時の淡いグリーンの粒が入った小さなビニール袋があった。

「どうぞ、持って行ってください」

「いいんですか。だって、貴重で高価なものなんでしょう……？」

俊也が真面目な顔で言うと、ゆたかは吹き出した。

「ずっと昔の話です。幸せなことに、今では世界中、気軽に手に入ります」

「だったら、なおさら自分で買います」

かたくなに固辞する俊也に、ゆたかは強引に押し付けた。

「どうしてカルダモンを？」

「……とても、不味かったから」

「えっ？」

「いや、すごく衝撃的な味がしたんです。その刺激を、忘れないようにしようと思って……」

おそらく、ゆたかには何のことやらさっぱり分からなかっただろう。

けれど、にっこりと微笑んだ。

「じゃあ、なおさら、ここのスパイスを持っていってもらいたいです。誰かからもらったものって、時にとても勇気を与えてくれることがあります。お守りみたいなものです」

今度は、俊也がきょとんとする番だった。

「もう、十分、もらいましたけど」

俊也は照れたように呟いた。

3

マトンカレーの青年を戸口まで見送ったあと、みのりはゆたかにぽつりと言った。

「お姉ちゃん、あれだと、誤解されちゃうよ。もう、本当にお姉ちゃんはお客さんに優しいんだから」

ゆたかは驚いたように「ええっ」と声を上げた。

「そんなことないでしょ。だって、お客さんに元気になってもらいたいだけだし」

「さっきの人、『鳥居前整体院』の新人整体師みたいだよ」

声を潜めてみのりが言う。

「どうして知っているの？」

「この前、エキナカ青年が教えてくれた。ほら、初めてあの人が来た時、カウンターに並んで座ってたでしょう」

ゆたかは頷いた。

「あんまり、評判よくないみたい。とにかく、施術がへたくそなんだって。心ここにあらずというか」

「だからかなぁ」

「え？」

「その評判、本人も気にしているんだろうね。だから、ちょっとしたことにも敏感になる。カルダモンなんて、間違って食べたとしても、黙って出せば済むことでしょう？　きっと、根が真面目なんだよ。だから気になって、ここにもまた来てくれた」

「よく観察しているね」

「きっと、カレーを食べて、何かが吹っ切れたんでしょう。カルダモンがそのきっかけを作ったのかもね。そう思って、プレゼントしたのよ。私も大切な人から、いろんなものをたくさんもらったからね」

ゆたかはそっとコックコートの胸を押さえる。与えられた大切なものは、きっと今も姉の中に大切にしまわれているのだ。

引き戸が開き、立て続けに三組の客が来店する。一気に店は忙しくなった。

注文はタジン鍋とインドカレーばかりだ。鮫島周子のエッセイで『スパイス・ボックス』が紹介された料理雑誌の発売から間もなく一か月となるが、客足は衰えを見せない。

客数の増加もさることながら、中には「弊社のスパイスを使ってください」などと、営業まがいの連絡があったり、一方的にサンプルやカタログが送られてきたりすることもある。

閉店後の店内で、ゆたかはその日に届いた小包や封書をひとつひとつ確かめた。

「面白いねぇ。周子先生のおかげで、世界が広がった気がする」

名の知れた商社から送られた、分厚い食材や調味料のカタログをパラパラとめくり、感嘆のため息を漏らす。

「うん。お客さんだけじゃなくて、こういう業者さんもチェックしているんだね。今さらだけど、『最新厨房通信』ってすごい雑誌だよ……」

ここから新たな取引が生まれることもあるのだろう。

「でも、みのり。せっかく送ってもらっても、ウチは小さいお店だし、客数が増えたといってもキャパは変わらないから、そうそう仕入れは増やせないよ。開店する時、こんな小さなお店とも取引してくれた業者さんとのお付き合いもあるし、今は全部見送るしかないわ。いずれ、事業が拡大したら、その時に検討させてもらいましょう」

そう言いながらも、カタログをじっくり眺め、スパイスのサンプルを嬉しそうに自分のコレクションに加えるゆたかにみのりは苦笑する。

「あら、もう一通あった」

空の封筒をまとめていたゆたかは、未開封のものがあったことに気が付いた。会社名のプリントされた大判の封筒ではなく、郵便の定型サイズだったため、見落としていたらしい。

みのりも興味を引かれ、ゆたかの横から覗き込んだ。封筒には明らかにゴロンとした手ごたえがあり、実のようなものが入っている。

ゆたかが開封し、封筒を逆さにすると、裸の実が手のひらの上に転がり落ちてきた。二人はしげしげとそれを見つめる。茶色い楕円形の実は、まるで干からびたように皺が寄り、二センチほどの大きさがあった。

「何？　ずいぶん大きいね。これもスパイス？」

ほかのスパイスと比べ、とても「かわいい」とは思えない無骨な実に、思わずみのりは訊ねた。

「ビッグカルダモン……」

呟くように答えたゆたかの声が震えている。

「え？」

ゆたかは、ぎゅっと手のひらの実を握り締めた。封筒の裏を見たが、送り主は記されていない。ただ、宛先はしっかり『スパイス・ボックス』となっている。

「それもカルダモンなの？　店で使っているのと、だいぶ違うようだけど……」

ゆたかは指を開き、そっと香りをかいだ。次に、みのりの顔の前にも差し出す。

「うわぁ。けっこう強い香り」

「別名、ブラウンカルダモン。あまり一般的ではないから、流通量もグリーンカルダモンよりずっと少ない。いわば貴重品。でも、引き出せる香りや風味ははるかに強い」

ゆたかは説明すると、もう一度、ぎゅっと手のひらの実を握りしめた。

「私と柾さん、次はこれを手に入れようって言っていたの……」

「それって、お姉ちゃんのスパイスボックスにも、ビッグカルダモンは入っていないってこと？」

驚いた。あれほどぎっしり様々なスパイスが詰め込まれているというのに、まだ入手していないものもあるのだ。そもそも、世界にスパイスと呼ばれるものがいったいどのくらいあるのかもみのりは知らない。

　ゆたかは頷いた。

「いったい、どこから送られてきたの？」

　みのりはもう一度封筒を見る。送り主が記されていないだけでなく、中にはチラシはおろか手紙の一枚も入っていない。つまり、営業のために送られてきたのではないということだ。不審に思うみのりに、ゆたかは茶色い実を包んだこぶしを胸に押し当てた。

「これは、きっと私たちへのプレゼントだわ」

　そのままビッグカルダモンを白い封筒に戻し、コックコートのポケットにしまってしまう。てきぱきと閉店の作業を始めたゆたかに、みのりはそれ以上訊ねることができなかった。


　一月も半ばを過ぎると、神楽坂の街を行く人もお正月の華やかさを脱ぎ落として、すっかり日常と変わらない。ただ、赤城神社や毘沙門天は、遅めの初詣客なのか、少しばかり賑わいが残っていた。

　厨房で姉の仕込みを手伝っていたみのりは、営業中を示すプレートを引き戸の外に出すと、そのまま玄関前の灯油ストーブに手をかざした。今朝もかなり冷え込んだ。厨房はガスコンロやオーブンの熱気で気にならなかったが、客席側は十分に暖まっていない。

一段落した姉も出てきて、同じようにストーブに手をかざした。

ふと、みのりは呟いた。

「どうしたかなぁ。マトンカレーくん」

鳥居前整体院の整体師のことである。マトンカレーを二度続けて注文し、ゆたかが与えたカルダモンを、まるで壊れものを扱うように大切に受け取った日から、一度も来ていない。

「そのうち、また来るわよ。何だか、義理堅い子みたいだったし」

「最初の時は、もう二度と来てくれないかと思ったけどね」

最初に来店した時、カルダモンをかじった彼は、得体のしれない味に衝撃を受けて、文句を言って帰ってしまった。確かに初めて食べれば驚くだろう。すっかり味を覚えたみのりは、誤って食べても驚いたりはしない。ゆたかなどは、気分をすっきりさせたいからと、ドライフルーツのように時折噛んでいる。

「でも、おかげでお互いのわだかまりはなくなったわ。整体師として、あまり評判がよくないって言っていたでしょう？　きっとね、受け入れてくれる場所を探しているのよ」

「真面目そうだったもんなぁ。技術の問題もあるかもしれないけど、そういう子って、変に考え過ぎちゃって、逆にうまくいかないことってあるよね。ほかの人が当たり前のようにしていることを、どうして自分はできないんだろうって悩んだりしてね。時には難しく考え過ぎずに、周りと合わせてみるっていうのも必要だと思うけどな」

「そうね。うまくいっているやり方があるなら、それに同調するのも大事な場合もあるわね。でも、きっとこれから気づいていくことなのよ。初めてカルダモンをかじって、びっくりしたみたいにね。だってあの子、まだ若いじゃない？　学校で習ったことがすべてではないって、社会に出て学んでいく時期だもの」

「なるほど。さすがお姉ちゃん。そういえば、私も最初は個性を出そうとして、逆に上司に怒られたことあったなぁ。まずは人並みに仕事ができるようになってからにしろって」

ゆたかはふふっと笑った。

「どうせ、意気がっていたんでしょう。みのりらしい。でも、言っておくけど、お店は個性がなきゃだめだからね。流行っているものにのっかろうっていう考え、私は嫌なの。だからこそのスパイス料理なんだから！」

みのりは、リストランテのオーナーシェフであるかつての恋人を思い浮かべた。ゆたかが口にしたようなことで、いつも頭を悩ませている。

「そうだね……って、お姉ちゃん。自分がスパイス料理やりたかったくせに、調子がいいんだから」

そこでガラリと引き戸が開いた。本日最初の客である。

「あっ」

みのりとゆたかは、ほとんど同時に声を上げた。戸口に立っていたのは、件の整体師だったのである。

思わず声を上げた姉妹を見て、青年のほうが驚いた顔をした。ポケットから出したスマートフォンで時間を確認し、「まだ早かったですか……？」と心配そうに訊ねる彼に、みのりは慌てて「いいえ。十一時開店です。どうぞ、どうぞ」と店内に誘導する。

「実は、妹とちょっとばかり噂をしていたんです」

ゆたかも申し訳なさそうな顔で言う。

「僕の噂ですか……」

一瞬、顔をこわばらせたのは、もしかして整体院での評判を気にしてのことだったかもしれない。

「カルダモンをどうしたのかなって、気になってしまって」

ゆたかとみのりは、そろって取り繕う。青年は、丁寧に頭を下げた。

「その節はありがとうございました。ちゃんと大事に持っています。お守りみたいに」

「どうしてカルダモンをお守りにするんですか？」

温かいおしぼりとメニューを差し出しながら、みのりは訊ねた。

「ガツンと、気合が入るからです」

気合、とゆたかは小さく繰り返した。

「本来カルダモンは、刺激的なものでも、それを増幅させるものでもありません」

続けられたゆたかの言葉に、青年は勢いよく顔を上げた。

「そうなんですか！　てっきり、辛いマトンカレーに入っていたから、最強スパイスみたいなものかと……」

「確かに、スパイスの女王と呼ばれていますけど……」

ゆたかは吹き出す。彼には、最初に食べた激辛マトンカレーと、そのあとで嚙み砕いてしまったカルダモンの刺激が強く印象に残っているらしい。

「まったく逆なんですよ。すうっとした、清々しい香りがありますから、お料理の風味をすっきりとさせてくれるんです。だからこそ、マトンなどのくせの強い肉料理によく使われるんです」

「マトンカレーが臭くなかったのはそのせいか……。普通、マトンって獣臭いイメージがあるじゃないですか」

青年は、今度ははっとしたように目を見開いた。目まぐるしい表情の変化に、みのりは必死に笑いをこらえる。

「確かにマトンは、一般的にラム肉よりもずっとくせが強く、中には獣臭いなんておっしゃる方もいます。でも、そう思うなら、どうしてわざわざマトンカレーを注文したのですか。ちょっとでも苦手なら、一番人気のチキンカレーや、ひき肉のキーマカレーだってありました。それに、辛くしてほしいだなんて、そんなに自分をいじめたかったんですか」

　青年は考え込むように口をつぐんだ。

　しばらくの沈黙のあと、目を逸らしたまま言う。

「……たぶん、自分に活を入れたかったんだと思います」

「活？」

「そう、気合です。まぁ、ちょっと色々とうまくいかないことが続いていまして……」

　ゆたかとみのりは黙ったままだ。先を促されたように、青年が続けた。

「でも、どうしていいか分からなかったんです。原因は分かっているんです。自分です。自分のことだからこそ、何をどうしたらいいのか、さっぱり分からなくて。だから、何か刺激を与えれば、ちょっと切り替えることができるんじゃないかって思ったんです」

　エキナカ青年から話を聞いた時、何となく事情は想像できた。しかし、改めて本人の口から言われると、どう応えていいのか分からない。みのりは、ちらりと姉を見た。

「それで、活を入れることはできたんですか。切り替えはうまくいきました？」

　またしばらく黙り込み、青年がポツポツと語った。

「いえ。辛いカレーじゃダメでした。美味しかったんです。美味しかったんですけど、辛すぎて、それがかえってストレスになった。もともと、僕は辛いものが得意ではありません。せっかく美味しいものを、どうしてこんなふうにしてしまったんだろうって、料理人さんにも申し訳ない気がして……」

「ゆたかです。辻原ゆたか。ここの料理の味は、すべて私がベストと感じる状態でお出ししています。中にはそれを物足りないと思われる方もいるでしょう。特に辛さの好みは千差万別です。お好みに応じて、段階を変えることはまったく気にしません」

「それならいいのですが……。でも、そこに来て、カルダモンでした。何だか、もうとどめを刺された感じで、つい文句を言ってしまったんです。料……、辻原さんにとっては、まったくの言いがかりですよね」

「そんなことはありませんけど、ちょっと驚きました」

「すみませんでした……。それで、正月早々何をやっているんだろうって、ますます自分が嫌になってしまって……」

「あらら……」

黙って聞いているつもりが、ついみのりも声を出してしまった。

「さっきも言いましたが、僕、仕事がうまくいっていなくて、文句を言われることが多いんです。でも、それで気が付いたんですよね。文句を言うのは、言うほうも気分が悪いものなんだって。もちろんそうでない人もいると思いますけど、少なからず気まずさは感じると思うんです。それなのに、僕は自分のことを棚に上げて、そういう相手に腹を立てたり、苦手意識を持ったりしていました。自分からは何も改善しようとせず……」

「だからもう一度来てくれたのね。本当に腹を立ててたなら、もう二度と来ようと思わないでしょう?」

「そうです。そのままにして、もう二度とこの店に来られなくなるのは嫌だって思って。ベストな状態のマトンカレーが食べたいと思ったんです。本当に美味しかったから。意気がって、辛くしすぎただけで……」

「それは、隣に座っていた相手の責任もあるかもね」

みのりはエキナカ青年の常連ぶった態度を思い出した。悪い子ではないのだが、いかんせんお調子者である。

「それで、自分への戒めのためにカルダモンを?」

「戒めなんて、そんな難しいことじゃないけど。でも、あれがきっかけで、仕事でももっと相手を理解しようと思うようになったことは確かです。僕、バカだからすぐ忘れちゃうんです。でも、あの実を見れば、強烈な味とともにいつでも思い出せるかなって……」

「お客さんは、とても誠実な方ですね」

ゆたかが言うと、青年は恥ずかしそうにうつむく。

「これ、見てください」

ゆたかがコックコートのポケットから取り出したのは、先日、差出人のない白い封筒で送られてきたビッグカルダモンだった。

「これは、何ですか？」

案の定、青年は訝しげに眉を寄せた。

「ビッグカルダモンです」

「カルダモン？　これも？」

青年がお守りにしたカルダモンは、淡い緑色をした一センチほどの実である。反して、ゆたかの手のひらにのっているのは、大きさも倍以上あり、色は濃い茶色で干からびた種のようなものだ。

「正確には、完全に同じ種類ではなく、別種だそうですが、ほぼ同じように使われます」

「そうなんですか……。本当に、いろんなものがあるんですね」

みのりも青年とまったく同じ意見だった。スパイスは奥が深すぎる。

「……でも、それが何か？」

「実は、私にも苦い思い出があります」

ゆたかは手のひらの茶色いスパイスを、どこか懐かしそうなまなざしで見つめた。

「私には大好きなインド料理店があります。海の近くの街で、外国人のコックさんがやっている小さなお店です。初めはある人に連れて行ってもらいました。やっぱり私も仕事で行き詰まったことがあって、元気づけようと、その人が連れて行ってくれたんです。それ以来、すっかりそのお店が気に入ってしまって、彼と何度も一緒に通いました。もともと彼はそのお店の常連だったんです」

「ある人」が途中から「彼」に変わったことに、青年は気づいただろうか。それよりも、みのりにはビッグカルダモンのことが気にかかった。

「私は彼のおかげですっかり元気を取り戻し、いつの間にかお店の人とも打ち解けて、まるで常連気取りでした。そんな時、マトンカレーを注文したんです。もちろん、これまでにも何度も食べてきた、お気に入りのメニューでした」

ゆたかは言葉を止めて、青年を見た。

「私のカレーは、そのお店に倣(なら)っていますから、ここと同じトマトを使って煮込んだカレーです。お肉以外の具はありません。半分ほど食べた時のことです。スプーンですくったルーに、お肉ではない何かがありました。でも、それは私の知っているホールスパイスではなく、初めて見るものでした。私はその形に驚いて、スプーンを放り投げてしまったんです」

入っていたのはビッグカルダモンだった。ゆたかは、てっきりそれを、虫、つまり、飲食店の厨房経験者ならば誰もが神経を尖らせるゴキブリだと思ってしまったのである。

確かに、サイズ、やや細長い形状、赤褐色の色合い、それがトマトベースのカレーにまみれていれば、虫だと思うことも考えられる。ビッグカルダモンを知らなければ、なおさらだろう。そもそも、カレーにはマトン以外の具は入っていないのだから。

「私ったら、大声で『虫、虫』って叫んでしまったんです。虫なんて聞けば、当然、ほかのお客さんも注目しますよね。自分の食べているカレーは大丈夫かって、みなさん、大騒ぎです」

「それで、どうなったんですか……?」

いつしか、青年は身を乗り出している。

「その時、私は初めてビッグカルダモンというものを知りました。もちろん、ふだんのマトンカレーには使っていません。コックさんは、もともと常連だった彼が私を連れてきて、しかも、私と彼がすっかり仲良くなり、二人で店に来てくれることが嬉しくて、いわば祝福の気持ちで、特別なスパイスを使ってくれたんです。それを知らず、私は逆に気持ちを踏みにじるようなことをしてしまいました。あの時のコックさんの悲しそうな顔、絶対に忘れないと思います。あとで彼が教えてくれました。本当は、いつもとは違う特別なスパイスを使うことで、私に喜んでほしかったんだよって」

しんみりとした口調で青年が言った。

「……前にも言っていましたよね。入っているスパイスを見せることが、おもてなしの気持ちの表れだって」

「スパイスがとても高価な時のお話ですけどね。でも、私はこうやって手の内を見せるやりかたが好きです。お客さんみたいにかじってしまったら、それはそれで、話のきっかけになりますから」

「そのお店とは……？」

「何度も謝りました。あちらも、驚かせてごめんなさいって片言の日本語で必死に謝ってくれて。悪いのはどう考えても私ですから、それがまた申し訳なくて。彼らはネパールから来たそうなんですが、素朴でとても穏やかな人たちなんです。今はほとんど足を運べませんが、行くたびに温かく迎えてくれます。ビッグカルダモン事件も、今では笑い話です」

みのりはそっとカウンターを離れた。

整体師の青年が、どういうふうに自分を見つめ直したのかは分からない。けれど、また姉の料理が客の心に刺激を与えたのだ。

ようやく店内が温まり、みのりはストーブの火力を弱める。その時、引き戸のすりガラスに人影が映った。本日二番目の客である。時刻は十一時半前。最近では十二時には満席になるから、それを知っている客は早めに訪れる。

みのりのほうから引き戸を開くと、正面に立っていたのはすっかり見慣れた二軒隣り、『手打ち蕎麦　坂上』の大将だった。

「大将さん、いらっしゃい。今日は定休日ですもんね。奥様はご一緒じゃないんですか」

「朝から娘のところに出かけた。なんとかホテルで、苺（いちご）のなんとかティーだと」

相変わらずの仏頂面で、覚えられないことは端折(はしょ)って説明する。

「きっと、アフタヌーンティーですね。いつの間にか、どこのホテルでもやるようになりました。そっか、年が明けたらやっぱり春。苺の季節ですねぇ」

どうやら、置いて行かれた大将は時間を持て余しているらしい。飲食店を営む者同士、このあとの混雑を見越して早く来たのだろう。

みのりは店内に案内する。

「どうぞ。今日は何を召し上がります？　インド料理フェアをしているので、ビリヤニもお昼のメニューにありますよ」

「おっ、焼き飯か」

「ビリヤニですってば」

一人の時はたいていカウンターに座る大将は、すでに先客がいることに気づいた。

「おう、アンタは『鳥居前整体院』の」

突然呼びかけられ、マトンカレーの青年は驚いたように顔を向けた。

しばらく考えていた大将は、ぱっと顔を輝かせた。

「そうだ、そうだ、小谷先生！」

「先生……？」

青年が繰り返し、みのりとゆたかは「お知り合いですか」と声を揃(そろ)えた。

「おう。俺がちょくちょく通っている整体の先生だよ。なぁ？　こんなところで会うなんて、奇遇だな」

「先生なんて呼ばれたの、初めてです……」

「じゃあ、なんて呼べばいいんだ。いいじゃないか、先生で」

大将は遠慮なく小谷先生と呼ばれた青年の隣に座った。青年は気まずそうにうつむく。

「この先生、律儀でなぁ、俺が何気なく漏らした文句にも、いちいち応えてくれるんだよ」

「え？」

「おまけに、おしゃべりでないのもいい。施術中、ずっと話しかけてくる先生もいるだろ？　うるさくてかなわねぇ。こっちは、せっかく疲れを取りたくて行っているってのによ」

「ええ？」

大将は機嫌がよさそうに笑っている。

「でも、僕の施術、下手くそですよね？　だって、いつも難しそうな顔で黙っているじゃないですか」

「まぁ、上手とは言えねぇな。だから、こっちも注文を出す。それにいちいち応えてくれるって言っただろうが。でもよ、あんたはまだ若い。これから、腕を上げればいいんじゃないのかい」

みのりは、二人のやりとりをかたずをのんで見守った。まさか、大将がこの青年と知り合いとは思わなかった。

「お、アンタはマトンカレーか。俺はここの焼き飯が好物でよ」

「はい。ここのカレー、本当に美味しいです」

「だろう?」

大将は自分のことのように嬉しそうに頷く。

「そういえば……」

ゆたかが大将の前にビリヤニを置きながら笑った。

「大将さんも、最初にいらした時、スパイスをかじって、何とも言えない顔をなさっていましたね」

「普通は、残しちゃ悪いって思うだろう」

みのりは思い出した。『スパイス・ボックス』のオープン初日、「におう」と怒鳴り込んで来た大将は、ビリヤニの中のクローブをかじり、顔をしかめたのだ。

「僕も、カルダモンをかじって同じ目に遭いました……」

大将は楽しそうに笑った。

「そうか、そうか、この店の料理人は優しい顔して、とんでもないものを料理に仕込んでくるからなぁ」

ゆたかはにこにこと微笑んでいる。

「お客さん、もしも大将の文句を気にされているとしたら、その必要はありませんよ。もともとこういう口調なんです。根はいい人ですから、怖がることはありません」

みのりが言うと、青年は横でハフハフとビリヤニを頬張っている大将を、まじまじと見つめた。

「本当に？」

「さっきも言っただろう。まぁ、俺もこのあたりでは顔がきくんで、アンタの評判は聞いている。指名しなくても、アンタが担当になるってこともな」

「やっぱり……」

青年はうなだれた。大将はバシッと背中を叩く。

「くよくよするな。まだこれからだって言っただろう。いくらでも技術は上がるさ。なんなら、今度は俺が指名してやろうか？　そうすりゃ、ちょっとはアンタの株も上がるだろう」

青年は慌てて両手を振った。

「いえ、とんでもない！　指名料三百円がもったいないです！　だって、何もしなくても長嶺さんの担当は僕になりますから」

もう一度、大将は豪快に笑った。

「アンタの、そういう正直なとこが気に入っているんだよ」

大将は、今度は『手打ち蕎麦　坂上』にも来るよう、青年を誘う。「うまいカレー南蛮を食わせてやるよ」と上機嫌で言うのを聞きながら、みのりは厨房の姉にこっそりと囁く。

「いったい、誰のおかげでカレー南蛮が誕生したのかしらね」

ガラガラと引き戸が開き、一組、二組と客が入ってくる。十二時、いよいよランチタイムだ。次第に埋まっていくテーブル席の間をくるくると行きかいながら、みのりはスパイス料理に期待を膨らませる客の顔を眺めた。今日も忙しくなりそうだ。

エピローグ

梅の枝先が色づいているのに気が付いた。

まだ空気は冷たいが、植物は確実に季節の移り変わりを教えてくれる。ふくらみ始めたつぼみは、すぐにひとつ、またひとつと開いて、たちまち満開となるだろう。みのりは、紅白の可憐(かれん)な花に街が彩られるのを想像する。心なしか、夜の間に冷え切った路地に差し込む朝日すら、数日前よりもぬるんだ気がした。

「みのり、ぼんやりしていないの！　今日も朝から忙しいんだからね」

「うん」

ゆたかに急(せ)かされ、みのりは坂道を上る足を速める。毎日、通勤だけでもいい運動だ。

でも、それも神楽坂の町並みや、季節の移ろいを感じるよい刺激となっている。目で見て、肌で感じる。空気を吸い込み、街のにおいを意識する。姉とスパイス料理店を営むようになってから、やけに五感を意識するようになった。

秋の初めにオープンした『スパイス・ボックス』もそろそろ五か月目の営業である。

「みのり、周子先生のテイクアウトを用意するから手伝って」

「分かった」

今日は開店と同時に鮫島周子からの予約が入っていた。大御所作家である彼女は、現在、久しぶりの長編小説にかかりきりである。構想を得たのが、ここ『スパイス・ボックス』でタジン料理を食べた時であるというから、何かにつけて立ち寄ってくれるのだ。

しかし、年が明けてからはなかなか時間が取れないらしく、電話で注文しては、本人や手伝いの者が取りに来る。インド料理が大好きな周子は、店で出来立てを食べられないことを悔しがっているというが、忙しいのだから仕方がない。

ゆたかが調理し、次々にカウンターに並べる料理をみのりはパッキングしていく。

「今日はずいぶん多いね。チキンカレー、マトンカレー、豆カレー、サグチキンに、ロティが三枚、ライス二人分、タンドリーチキンが四本。それに、サモサも四個」

「うん。出版社の人と、ご自宅で打ち合わせなんだって。この量だと四人前かな？」

「いや、先生のことだから、自分の夕食も見越して、多くテイクアウトしているのかも……」

「ありそう」ゆたかが吹き出した。「でも、ありがたいよね。だって、自分のお気に入りの店のカレーだって、周りの人にもどんどん広めてくれているんだもの」

「本当に先生には感謝しかないよ」

みのりが言うと、ゆたかはゆっくり首を振った。

「私、みのりにいちばん感謝しているの。そして、尊敬もしている」

「えっ、どうして」

突然の姉の告白に、みのりは驚いた。

「だって、出版社で働いていたみのりが、飲食店を開くなんて、すごいことじゃないの。もちろん、厨書房での経験や人脈があったと思うけど、並大抵のことじゃないわ。でも、それだけじゃないでしょう？　私に、また人のために料理をする喜びを思い出させてくれようとしたんでしょう？」

「……まぁ、それもあるけど、やっぱり和史を見返してやりたかったんだと思う」

「みのりは昔から負けず嫌いだったものね。でも、私が『スパイス・ボックス』のおかげで、また前を向けるようになったのは事実。人間って、何か大きなものを失った時、それを埋められる別のものを見つけて、そこに力を注ぐことで喪失感を癒していくのかもしれないわね」

みのりは小さく頷いた。最初は和史のことばかり意識していたのに、いつからか、店のことだけで頭がいっぱいになった。姉と相談し、どうやって客を喜ばせるか考えることが楽しくて仕方がなくなったのだ。

「私、もっともっと頑張るわ」

ゆたかが決意を込めたまなざしを、まだ無人の店内に向けた。

「人が集まる場所を作ることが、こんなに素晴らしいものだって、このお店で気が付いたの。きっと、私が働いていたリゾートホテルのオーナーもこんな気持ちでお客さんを迎えていたんだと思う。椢さんが海の近くのインド料理店を気に入っていたのも、いつも温かな雰囲気で歓迎してくれていたからよ」

ゆたかは、コックコートのポケットからビッグカルダモンを取り出した。ビニールの袋に入れて、いつも身に付けているらしい。

「お姉ちゃん、それって……」

「送り主は書かれていなかったけれど、私には分かる。きっと、あのインド料理店のアヤンさんが送ってくれたの」

「どうして……？」

「お正月の帰省の時、私はちょっと寄り道してから東京に戻ったでしょう？　いい機会だから、京葉線に乗り換えて、あのインド料理店に行ったのよ」

「一月二日で、もう営業していたの？」

「和史くんのところもやっているじゃない」

ゆたかが笑い、みのりは口をつぐんだ。

「日本人よりも、ネパールのお客さんが多かったわ。たぶん、簡単に国に帰れない人たちが集まってくるのね。母国と、離れた家族のことを思って、彼らは自分の国の料理で新年を祝うの。そういう場所を作るために、アヤンさんはできる限り店を開けているのよ。もちろん、働き者でもあるわ」

ゆたかは寂しげな微笑みを口元に浮かべた。

「ずいぶん久しぶりだったの。柾さんが亡くなってからは初めてよ。でも、あの頃は二人でしょっちゅう通って、インド料理を教えてもらっていたから、私の顔を見たとたん、アヤンさんが涙を浮かべてね。もう会えないと思っていたって。それで、妹とお店を始めたことや、『最新厨房通信』に掲載されたことも話して、雑誌も置いてきたの。よかった、本当によかった、って、自分のことのように喜んでくれてね、私も、アヤンさんからお料理を教わったおかげですって、思わず二人で手を取り合って泣いちゃった」

「……そうだったんだ」

何となく、柾と関わりのあるどこかへ寄ったのだろうとは、みのりも考えていた。

「それで、アヤンさんはビッグカルダモンを私に送ってくれたんだと思うの」

「どうして？」

「あの時の、私の失敗を忘れないようにってことかしら。でも、私は敢えてホールスパイスを料理に残す。それは変えないわ。それと、もうひとつ……」

「何？」

「昔からアヤンさんは、柾さんと私に、いいスパイスが手に入ると送ってくれていたの。『スパイスボックスはいっぱいになったか』なんて聞くから、もう少しなんですけど、もういっぱいにならないんですって答えたのよ。だって、柾さんはいないもの。少しずつ集まっていく喜びを共有する人はいない。きっとアヤンさんには、私の気持ちが分かったんでしょうね」

確かに、あれ以来、ゆたかのスパイスボックスの中身は増えていない。店のために新なスパイスを仕入れることはあっても、思い出の箱は時々開いて眺めるだけだ。

「そっか、きっと柾さんの代わりに、スパイスをプレゼントして、お姉ちゃんを喜ばせたかったんだ……」

送り主が分からなければ、どこか、とても遠いところにいる人から届いたと思うこともできる。

「アヤンさんって、そういう人なの。それに、こうやって送られてくるのって、何だか思いがけない喜びになるじゃない？　自分のことを案じてくれる人がどこかにいるって感じられるのは、とても幸せなことだわ。だからね、私はお料理でお客さんにも、そういう気持ちを伝えていきたいの」

「ここで、お客さん同士もつながっていけたらいいね。大将と、マトンカレーの整体師さここがそういう場所であり続けるために」

「もっと、もっと、つなげていきましょう。お客さんにとって、ここがそういう場所であり続けるために」

　姉の力強い表情に、みのりも嬉しくなった。

　ふと、ゆたかが頬を緩めた。

「ところで、インド料理フェアの評判がいいじゃない？　アヤンさんにもっと教えてもらって、もう少し本格的にやりたいんだけど……」

「だから何？」

　みのりはきょとんとして訊き返した。

「タンドール、買わない？」

　手を合わせて片目をつぶったゆたかに、みのりは吹き出した。

「ダメ！　まだそんな設備投資はできません！　現状の設備で、もっとスパイス料理のアイディアを出してください！　大丈夫、お姉ちゃんならできる！」

　みのりは胸を張って言い切った。

参考文献

『スパイス完全ガイド　最新版』　ジル・ノーマン　山と溪谷社
『いちばんやさしいスパイスの教科書』　水野仁輔　パイ インターナショナル
『増補新版　薬膳・漢方　食材&食べ合わせ手帖』　喩静・植木もも子監修　西東社
『インド、カレーの旅』　ミラ・メータ　文化出版局
『家庭で楽しむ　モロッコ料理』　小川歩美　河出書房新社
『江戸・東京　坂道ものがたり』　酒井茂之　明治書院

本書はハルキ文庫の書き下ろし作品です。

神楽坂スパイス・ボックス

著者　長月天音

2022年9月8日第一刷発行

発行者　角川春樹

発行所　株式会社角川春樹事務所
〒102-0074 東京都千代田区九段南2-1-30 イタリア文化会館

電話　03(3263)5247(編集)
03(3263)5881(営業)

印刷・製本　中央精版印刷株式会社

フォーマット・デザイン　芦澤泰偉
表紙イラストレーション　門坂 流

ISBN978-4-7584-4512-2 C0193 ©2022 Nagatsuki Amane Printed in Japan
http://www.kadokawaharuki.co.jp/[営業]
fanmail@kadokawaharuki.co.jp[編集]　ご意見・ご感想をお寄せください。